Claudia Lozano González

GW00481977

EL ESPÍRITU DE JUAN

EL OJO DE LA CULTURA

© 2020, **Claudia Lozano González**
Portada: Natalia Casali
Derechos exclusivos de EL OJO DE LA CULTURA
www.catalogoelojo.blogspot.com
elojodelacultura@gmail.com
+44 7425236501

ISBN 979-85-739614-2-2

Prohibida la reproducción total o parcial de esta obra sin autorización expresa del autor o editores.

Todos los derechos reservados.

A la señora Agua…
porque gracias a ella todo y todos terminamos siendo uno.
Por ser uno de los motores esenciales de la vida eterna.
Y porque gracias a ella el concepto la muerte se diluye.

A Jaime

CAPÍTULO 1

Eran las dos y media de la mañana y la fiesta en casa de Ángela la cubana estaba en pleno apogeo.

El homenajeado era Don Julián Bejarano, el señor gobernador del estado de Cacomixtlán. Estaban allí los miembros de su gabinete, muchos de los dueños de las grandes empresas que proveían miles de trabajos a la gente del lugar, y una cantidad de mujeres contratadas para hacerles compañía durante toda la noche. La fiesta había sido organizada para celebrar el quinto aniversario de su mandato. Las próximas elecciones eran inminentes.

Las viandas eran excelentes y provenían del mejor restaurante del país; los vinos europeos y la champaña francesa corrían como ríos. La música estaba a cargo del grupo de música tropical más famoso del momento y la habían armado en grande en el enorme salón de fiesta de aquella mansión. La anfitriona se había puesto un vestido largo color azul turquesa, tan entallado que la hacía ver como una sirena ambulante.

Era la fiesta que Juan Gallardo López, presidente municipal de San Juan Tecoyotitán, el municipio más grande y más rico del estado, había organizado en honor del gobernador. Había elegido a Ángela como anfitriona porque su establecimiento era el ideal para fiestas discretas con hombres de alto nivel, y contaba con el mejor batallón de putas de todo el país. Ella era profesional y seria, siempre alegre y sumamente cuidadosa con el tipo de mujeres que regenteaba, mujeres de entre veinticinco y cincuenta años que además de cuerpazos, tenían un nivel de conocimientos que les permitía hablar de una gran variedad de tópicos, desde la última moda hasta la política y la economía internacional. Eran estudiantes universitarias que usaban el dinero ahí adquirido para pagar sus estudios, o bien profesionales graduadas que veían su actividad en la casa de Angela como una oportunidad para divertirse comiendo y bebiendo de lo mejor, con el beneficio extra de hacer muy buen dinero y excelentes contactos.

Ángela era cauta y bien organizada. Hasta se encargaba de proveer los mejores condones europeos porque en su negocio nadie podía tirarse una puta sin el debido cuidado. "Aquí nada de sida hijos míos, aquí venimos a divertirnos no a condenarnos a muerte", decía a todos sus clientes, quienes cumplían sus órdenes al pie de la letra.

Juan Gallardo había llegado a las siete acompañado de Roberto Beltrán, en su BMW rojo con asientos de piel blancos. Con ellos iban Efrain y Manuel, los guardaespaldas de planta del cuerpo de seguridad de Juan. Ambos de origen indígena eran altos, corpulentos y muy metódicos para desempeñar su trabajo en el cual llevaban casi cuatro años.

Beltrán era dueño de una pequeña cadena de casas de cambio que operaba en el estado, negocio en el que estaba asociado al propio Juan. Pero eso era lo que se mostraba a la vista de todos: su verdadero negocio era el narcotráfico. Beltrán estaba ayudando a Juan, muy discretamente, en su campaña política para sustituir en la gobernatura del estado a Bejarano, quien cumpliría su mandato a principios del año siguiente y aspiraba ahora a la presidencia de la república.

Desde que había empezado la fiesta todos habían comido, bebido y bailado interminablemente. Eso era lo que hacía inolvidables las fiestas de Ángela, y el ambiente se ponía aún de locura cuando el grupo musical tocaba alguna canción de Celia Cruz, Ángela saltaba al escenario, tomaba el micrófono, gritaba *azúcar* y cantaba desde el fondo de su alma con una voz fuerte y bien entonada que conquistaba a todos. Todos se divertían.

Todos, menos Juan. El presidente municipal observaba la fiesta desde un cómodo sillón francés situado a unos metros de la barra, en donde había depositado su enorme humanidad después de la cena.

Hacía mucho que venía teniendo problemas por culpa de la descomunal gordura que le aquejaba. Esa noche había pasado la mayor parte del tiempo sentado, bebiendo, comiendo y hablando de política con cualquiera que se sentara a su lado para reposar lo bailado y con aquellos a quienes gustaba lisonjearlo esperando algún favor. Pero la verdad es que Juan estaba ahí solo de cuerpo presente, su mente andaba por otro lado.

Hacía ya muchos meses que su gordura monumental lo estaba haciendo sentir irremediablemente infeliz. Todo empezó cuando su esposa Lucía se quejó por primera vez, diciendo que ya estaba cansada de que en los dos últimos años fuera ella quien tenía que estar a cargo de todo cuando querían tener sexo. Y es que por muchos años ese había sido precisamente el punto fuerte de su relación: una vida sexual activa, creativa y plenamente satisfactoria. Juan sabía de sobra lo importante que era un orgasmo para Lucía. "Esto es la gloria, te adoro Juanito – le había dicho ella en cientos de ocasiones con voz melosa y mordiéndole la oreja - tú me ayudas siempre a elevarme al espacio y a disfrutar al máximo estos momentos". Juan sabía que ella lo decía para hacerlo sentir orgulloso, pero hacía rato había comprendido que ella siempre podría arreglárselas para tener satisfacción en la cama. Lucía conocía de sobra su propio cuerpo y lo que le gustaba, como para depender de alguien. "Usted, mi vida, con solo abrazar al ropero le bastaría para venirse", le contestaba él a veces en tono de broma.

Pero especialmente en el último año, Juan se había vuelto totalmente pasivo. Su cuerpo le pesaba horriblemente y la tremenda barriga que cargaba ya no le permitía la destreza necesaria para intentar tener sexo con su mujer, y ni aun siquiera para masturbarse. Es más, hacía meses que su pene había desaparecido totalmente del mapa de su cuerpo, enterrado bajo lonjas de grasa. Y el chiste es que Lucía había tenido que convertirse en una verdadera contorsionista que, movida por la lástima y la conveniencia, hacía todo lo posible por ayudarlo a eyacular de vez en cuando. Pero ella era consciente de que toda la pasión que había existido entre ellos estaba tan extinta como la agilidad con la que Juan acostumbraba hacer el amor años antes.

"Perdón Lucía, ya terminé otra vez y tú no te veniste rico como a ti te gusta", le había dicho en varias ocasiones lleno de culpabilidad. Y recordó cómo, la última vez que lo intentaron con los mismos desastrosos resultados, ella le había dicho que no se preocupara, que podía entenderlo, y luego había encendido un cigarrillo con desgano y leído una revista totalmente despreocupada hasta quedarse dormida, después de un tiempo que a Juan se le había hecho eterno.

Para sus adentros, Juan no creía en la indiferencia de Lucía y tenía la dolorosa certeza de que ella tarde o temprano terminaría teniendo un amante, si es que no lo tenía ya, porque con toda seguridad no renunciaría a la posibilidad de una relación sexual plena. Solo tenía que recordar las cosas que tantas veces había dicho después de hacer el amor: "¡Venirme así de rico es maravilloso! Es la sensación más pura de placer que existe en la vida. Me pregunto cómo sería mi vida si no pudiera hacerlo."

Así pues, Juan se había estado quemando de celos en silencio, lleno de impotencia por no poder bajar de peso. Desde que empezara su mandato en la presidencia municipal había dejado de hacer ejercicio y no recordaba un día en el que no se hubiera sentido forzado a ofrecer o aceptar una invitación a un almuerzo, cena o fiesta. Había perdido totalmente el control de lo que comía y bebía, y sin saber cómo había subido exageradamente de peso hasta convertirse en lo que veía cada mañana en el espejo: una bola de piel y grasa deforme sin atractivo alguno. Y ni siquiera caminar se le antojaba, porque cuando se animaba a hacerlo después de un corto tiempo sentía que le faltaba el aire y le dolían horriblemente los pies. A fin de cuentas, se decía a sí mismo, ni todo el dinero y el lujo que poseía, ni toda la buena comida y bebida que ingería, ni todas las lisonjas de quienes le rodeaban, le servían para llenar el enorme vacío que sentía en su interior, que se había hecho aún más grande desde que empezó a pensar que Lucía terminaría poniéndole los cuernos por fuerza.

Por todas esas razones, Juan estaba y no estaba en aquella gran fiesta organizada por Angela. Y por eso, después de haber cenado y hablar un poco con la gente en una de las mesas había ido a sentarse en un confortable sillón de piel, en un rincón alejado del escenario y cerca de la barra, para seguir bebiendo el coñac francés que le gustaba disfrutar después de la comida. Ahí había estado sentado por horas, ocasionalmente interrumpido por algún invitado que se acercaba a pedir alguna bebida y le hacía comentarios acerca de la fiesta. Veía a los demás bailar y disfrutar como quien ve una película sin estructura o argumento.

Al darse cuenta de que la botella de coñac estaba casi vacía, ordenó traer otra al mesero que había estado pendiente de él toda la noche.

—¿Está seguro, señor presidente? — intervino el otro respetuosamente —Un litro de coñac es bastante y si sigue tomando así después no va a poder levantarse. Perdóneme que sea yo quien se lo diga, pero…

—¡Si todos los que se han parado a hablar conmigo han bebido de esta botella! —respondió Juan, y con gran enojo gritó —¡Para qué le estoy dando explicaciones! ¡Soy yo quien está pagando esta fiesta! ¡Tráigame lo que le digo o lo mando matar! ¡A mí nadie me dice cómo debo tomar!

—Enseguida señor presidente, ahora mismo se lo traigo — respondió el mesero, quien sabía como todos que una amenaza de muerte del presidente municipal no era cosa de tomar en broma.

—¿Qué pasa cariño? ¿Por qué estás tan enojado? —le preguntó con una sonrisa Angela, quien acudió de inmediato al escuchar sus gritos sentándose junto a él.

—¡Ese cabrón, que me está contando las botellas que me tomo! ¡Yo pagué por ellas, hijo de puta! —insistió él.

—Calma cariño, calma. —lo interrumpió la mujer —Que el futuro gobernador del estado no puede armar un borlote en una fiesta así. ¿Recuerdas? El señor gobernador es tu invitado de honor, es una forma de agradecerle que prácticamente te ha designado para substituirlo en la gobernatura de Cacomixtlán el año próximo cuando él pase a ser presidente de la república. ¿Recuerdas? Calma Juanito, que es lo más conveniente.

—Ah. Pos sí, se me había olvidado —contestó él, ahora más tranquilo.

Ángela lo observó detenidamente durante unos segundos y después lo interrogó.

—A ver corazón, ¿qué te pasa? Has tomado como nunca, has reído muy poco, casi no has hablado y ya no bailas como antes. Ni siquiera te has levantado de este sillón en toda la noche.

—¡Cómo que no! —contestó Juan con seguridad —He ido a orinar varias veces.

—Tú sabes que yo te estimo. Vamos a otro salón si quieres, para que me cuentes tus penas —insistió ella.

—Yo no tengo penas Angela, soy muy chingón para eso. A ver, pásame mi copa; no, mejor la botella, así no tengo que verle la jeta a ese mesero hijo de puta.

—Aquí la tienes, pero prométeme que vas a medirte. Ahora vengo para que bailemos, no te muevas.

—Sin apuro, Angela, aquí te espero y bailaremos, por supuesto que bailaremos —respondió él antes de empinarse la botella de coñac.

Angela mandó inmediatamente buscar al garaje a Manuel y Efraín, los guardaespaldas de Juan. Cuando estuvieron frente a ella les preguntó:

—¿Qué le pasa al señor presidente municipal? Nunca le había visto beber de esa forma.

—No sabemos doña —respondió uno de ellos —pero últimamente bebe los fines de semana hasta perder el sentido. Ya hasta doña Lucía nos pidió que los viernes y sábados, cuando lo llevemos, lo dejemos en cualquiera de las recámaras de invitados que están en la parte trasera de la casa porque no la deja dormir con sus ronquidos.

—Pues a ver cómo le hacemos, tenemos que sacarlo de aquí para que lo lleven a su casa, porque si le pasa algo y se me muere habrá un escándalo que ninguno de los invitados necesita, y de paso me clausuran el negocio. Pobre, no ha dejado de beber desde que llegó. Síganme, yo lo convenceré para que se meta al carro.

Los tres se dirigieron adonde se encontraba Juan, quien apenas podía mantener los ojos abiertos y balbuceaba palabras incoherentes. Tenía el traje y la camisa empapados del coñac que se había echado encima en el vano intento de llevarse la botella a la boca. Al otro lado del salón los demás bailaban y departían alegremente.

—A ver mi vida, ven conmigo, vamos a tomar un poco de aire fresco que bien lo necesitas —le dijo Angela con una sonrisa.

—¡Contigo hasta el infierno! —contestó Juan tratando de incorporarse, pero le fue imposible. Efraín y Manuel intentaron levantarlo y estuvo a punto de caérseles pero Beltrán, quien había estado observando lo que pasaba, les ayudó a evitarlo.

Beltrán preguntó:

—¿Qué le pasa a Don Juan?

—Que está perdido de borracho y quiero que se lo lleven a su casa, pero ya —contestó Angela preocupada.

—A ver muchachos —intervino Beltrán decidido —ayúdenme a llevarlo al carro. ¡Gordo pendejo! ¡Si lo ve el gobernador adiós candidatura para la silla mayor del gobierno del estado! No voy a dejar que eso pase. Por favor, Angela, entretén a la raza, espero que no nos presten mucha atención.

Angela caminó de prisa entre la gente, subió al escenario que se iluminó aún más con su presencia de sirena azul, tomó el micrófono y gritó entusiasmada: "¡Acá hijos míos, a bailar! Muchachos - les dijo a los del grupo musical - tóquense *El Yerberito*. ¡Azúcar!" Instantáneamente la gente se arremolinó alrededor del escenario y se dispuso a gozar del sabor que la anfitriona ponía a sus fiestas.

Como pudieron, entre los dos guardaespaldas y Beltrán llevaron entretanto a Juan hacia la cocina para sacarlo por la puerta trasera, evitando que alguno de los invitados que departían alegres en la sala lo vieran en esas condiciones. Meseros y cocineras se sorprendieron cuando los tres entraron a la cocina prácticamente arrastrando el enorme cuerpo del presidente municipal, quien parecía haber perdido el sentido

—¡Escúchenme pendejos! —gritó Beltrán tan fuerte como pudo —¡Ni una palabra de esto! Un solo comentario de cualquiera de ustedes y ¡todos! ¿me oyeron? ¡Todos lo pagarán caro! ¡Así que chitón y a seguir trabajando que para eso les pagan!

Salieron de la cocina cerrando la puerta tras de sí. Adentro, meseros y cocineras se miraron los unos a los otros, encogieron los brazos y siguieron en sus tareas. Casi todos ellos habían trabajado para Angela por años, y sabían que la discreción era la clave para conservar su empleo y que una amenaza de Roberto Beltrán tenía el peso de una lápida sobre una tumba.

—Voy a traer el carro —dijo Efraín.

—¡Rápido, que no quiero que nadie nos vea! —apuró Beltrán.

—Sí Don Roberto, al momento.

Minutos después Efraín estacionó el carro frente a ellos, bajó y abrió la puerta trasera. Como pudieron sentaron a Juan, quien totalmente perdido echó la cabeza hacia atrás con la boca semiabierta y los ojos casi en blanco. De inmediato empezó a roncar.

—Siéntate junto a él —ordenó Beltrán a Manuel —Que no se vaya a recostar sobre el asiento, capaz que le pasa algo y termina en el hospital. Mañana es su cumpleaños y tiene planeados dos días de celebraciones, así que hay que cuidarlo muy bien. Llévenselo muchachos, ya mañana buscaré el momento de hablar con él. ¡Pinche gordo pendejo, va a terminar arruinándome el negocio!

Efraín arrancó el carro, salió por la parte trasera de la mansión y manejó en silencio por unos momentos. Cuando estuvo seguro de que ya nadie podría oírlo, se dirigió en voz baja a Manuel.

—Una congestión sería lo deseable para deshacernos de él —dijo mirando con desprecio el cuerpo barrigudo que estaba desparramado en el asiento trasero —Pero si le pasa en el carro tendríamos que hacer algo para salvarlo o nos llevan a la cárcel, y no queremos que nada de eso suceda. Éste desgraciado debe llegar a la casa vivito y coleando. Ya veremos si podemos hacer algo cuando lo dejemos en su cuarto —agregó con frialdad.

—¿Lo vamos a intentar esta noche? —murmuró Manuel

—Esta y todas las veces que podamos —respondió Efraín apretando las mandíbulas y siguió manejando.

Las calles estaban totalmente vacías y casi no había carros así que no les llevó mucho tiempo tomar la carretera. Desde ahí solo eran veinte minutos hasta la enorme mansión de Juan, en las afueras del municipio que gobernaba. El resto del camino fueron en silencio, un silencio sepulcral que parecía predecir los acontecimientos que estaban a punto de desatarse.

Llegaron a la mansión casi a las cuatro. Los guardias de seguridad se encontraban en la garita a la derecha de la entrada. Hugo abrió la reja, se acercó a la ventanilla donde estaba sentado Manuel y miró a Juan con lástima.

—Pobre patrón, ronca como un león, con razón la patrona no lo quiere ni cerca de su habitación.

—Si —le respondió Manuel —pero solo los fines de semana, y además eso fue un comentario entre nos, así que chitón que no necesitamos hacer de eso un chisme.

—No te preocupes Manuel, que yo soy una tumba.

La reja se cerró tras del carro.

—-Busca alguien más y vengan para que nos ayuden a ponerlo en su cama que pesa un demonial —agregó el guardaespaldas.

—¡Si lo sabré yo! —contestó Hugo —Le voy a pedir al señor Pierre que nos dé una manita, ahora los alcanzamos.

Hugo se fue a la cocina a buscar al chef que llevaba ya varios años viviendo en la capital del país y que Juan contrataba para sus eventos especiales. Pierre ya se encontraba trabajando con un pequeño ejército de criadas, porque siendo el cumpleaños del presidente municipal había que preparar la comida necesaria para los dos días de celebraciones programadas para el fin de semana, además de un almuerzo al que estaba invitado el Obispo y otros prelados del municipio ese sábado. Los guardaespaldas ya habían movido el carro a la de la parte trasera de la mansión, donde había tres elegantes recámaras cada una con un precioso diván francés, baño integrado y un ventanal que daba a un pequeño jardín, la oficina que Juan tenía en la casa, una modesta biblioteca y un medio baño. Hugo y Pierre ayudaron a Manuel y Efraín a arrastrar el cuerpo hasta una de las recámaras. Como pudieron, lo subieron a la cama.

—¡Hugo, abra el ventanal! El patrón necesitará un poco de aire fresco —ordenó Efraín.

Hugo obedeció y esperó por más órdenes.

—Eso es todo señores, muchas gracias —dijo Efraín al guardia y al chef —No hubiéramos podido traerlo hasta aquí sin su ayuda.

—*S'il vous plait,* yo vengo a cocinar no a cargar- refunfuñó Pierre enojado

—¡Pinche francés! Nadie lo necesitaba, hemos hecho esto muchas veces sin su ayuda —se quejó Manuel.

—Al contrario —dijo Efraín en voz baja —Es un testigo más a nuestro favor, los dos vieron llegar al patrón vivo. Digo, por si esta vez sí se nos hace.

—¡Ah! — comprendió Manuel guiñando un ojo.

—Checa que no haya nadie afuera. Vamos a prepararlo. Hoy está más borracho que nunca. Con tantita suerte esta vez sí lo mandamos al infierno —ordenó Efraín.

Manuel se asomó al corredor y cerró la puerta.

—No hay nadie.

—Debemos apresurarnos, a menos que haya un incendio nadie vendrá antes de las diez para despertarlo. Ponte los guantes —dijo Efraín al otro guardaespaldas mientras él se ponía los suyos. — Ayúdame a bajarlo de la cama.

Entre los dos bajaron y arrastraron a Juan hasta el pequeño jardín dejándolo boca arriba con solo los pies dentro de la habitación. Después volvieron a entrar al cuarto, agarraron las cortinas y contando hasta tres las jalaron hacia abajo con todas sus fuerzas, lo que hizo que el cortinero de madera se partiera y cayera al suelo. Luego aventaron sobre parte de las piernas y la barriga de Juan una de las cortinas y cuidadosamente le colocaron el borde de ésta entre los dedos de ambas manos, para dar la impresión de que se había agarrado a ella. Después volvieron a meterse a la habitación donde reacomodaron las sábanas y pusieron el edredón sobre la cama y el suelo. Aunque era una mañana templada de verano al cuerpo de Juan se le puso la piel de gallina, pero continuó durmiendo a pierna suelta.

Efraín y Manuel se quitaron los guantes, salieron de aquel lugar, cerraron la puerta tras de ellos, se dirigieron hacia la entrada principal para despedirse de Hugo y caminaron hacia el edificio que había frente a la mansión, que era el lugar donde vivían los empleados de

Juan, quienes como Manuel y Efraín estaban prácticamente disponibles veinticuatro horas al día. Sabían que, tal y como la había ordenado Juan semanas atrás, nadie se atrevería a perturbar su sueño hasta después de las diez, cuando alguien le llevaría el desayuno y le prepararía la tina para que se diera un baño.

Los dos se fueron a dormir con la conciencia tranquila, sabiendo que si tenían suerte, habrían ejecutado un acto de justicia que habían esperado por un largo tiempo

CAPÍTULO 2

El sol teñía de rojo el horizonte, los gallos cantaban anunciando una y otra vez el nuevo día, el aire era fresco y transparente.

Eran las 5:40 de la mañana y el espíritu de Juan estaba sudando la gota gorda. Por más que lo intentaba no podía salir de debajo del cuerpo, aun ligeramente tibio, que había habitado durante cincuenta y dos primaveras. Tanto había comido y bebido en los tres últimos años que su peso se había duplicado sin que, aparentemente, él hubiera podido evitarlo.

El problema es que, al contrario de la creencia popular, al morir una persona su alma o espíritu no se desprende de inmediato y flota ligero como una pluma. En realidad, aun obedeciendo las leyes de gravedad, el espíritu cae y permanece bajo el cuerpo por unos segundos, después de los que sale grácilmente quedando así listo para ser conducido a su destino final. Pero para los espíritus de las personas que en vida causaron un daño excesivo a sus semejantes y a la naturaleza, el procedimiento es diferente. Antes de llegar a su destino final, deben pasar por un proceso de tránsito para saldar sus deudas, lo cual se hace de acuerdo a un método individualizado, diseñado por las autoridades competentes con un total apego a las leyes de la Carta Magna y los artículos del Código de Justicia del Más Allá.

Juan había muerto de acuerdo a lo previsto, y unos minutos más tarde el vehículo del Más Allá, que venía cargado con otras cuarenta y nueve almas, se estacionó frente a su cuerpo. El espíritu de

Juan, que apenas si había podido sacar la cabeza y parte del pecho de debajo de su cuerpo, se dio cuenta que estaba siendo observado.

—¿Y tú quién eres? —preguntó con arrogancia al ser transparente que lo observaba.

—Soy el chofer del vehículo del Más Allá y tú, mi amigo, te acabas de petatear y vengo por tu alma o espíritu, como quieras llamarle, para llevarla a dar cuentas.

—¡Payaso! ¡Juan Gallardo no le da cuentas a nadie! ¡Ayúdame cabrón! ¿No ves que no puedo salir de debajo de esta masa de carne?

—Esa masa de grasa es tu cuerpo. ¡Tragón! Ayudar a gordos como tú no es parte de mi trabajo, cada espíritu debe arreglárselas como pueda para estar listo cuando se le llegue a recoger y si no lo está, pues se queda atorado entre los dos mundos.

—¡Vete a la chingada! ¡Al señor presidente de San Juan Tecoyotitán nadie lo amenaza!

—No lo puedo creer —dijo calmosamente el chofer del vehículo del Más Allá —todos los espíritus que he recogido estuvieron listos cuando llegué por ellos, y tú con tu tardanza vas a hacer que me tome más tiempo llevarlos a su destino. ¡Qué contrariedad, me estás retrasando todo el viaje!

—Te lo advierto —continuó hablando impaciente el chofer del vehículo del Más Allá, mientras escribía algo en una hoja. —Si no puedes salir en tres minutos, te quedas en calidad de alma en pena y esperas hasta que el servicio tenga que regresar a esta zona.

Varias de las almas que se encontraban dentro del vehículo se habían aglomerado en la parte trasera y reían con ganas al ver los esfuerzos del espíritu de Juan para salir de debajo de su descomunal cuerpo y se divertían de lo lindo con su arrogancia. Todo fue inútil, minutos después él todavía tenía de la cintura para abajo metidos entre el cuerpo y el césped de aquel pequeño jardín.

—Ni modo —le dijo el chofer dándole la pluma y acercándole el documento donde había estado escribiendo. - No puedo esperarte más, a ver fírmale aquí, en el original y las dos copias. En este documento se indica por qué no pude llevarte puntual a tu destino.

El espíritu de Juan tomó la pluma y garabateó su firma en la parte baja de las tres hojas.

"¡Pinche burocracia! ¡Ni estos cabrones se escapan! Y mi destino lo decido yo, no un pendejo como tú", pensó empezando a cuestionarse lo extraño de toda aquella situación.

—¡Cuidadito con lo que piensas! —le dijo el chofer —Entre espíritus no hay pensamientos escondidos. Tienes mucho que aprender. Y sí —continuó —también nosotros tenemos burocracia. ¡Igualita a la que gente como tú adora para complicarle la existencia a los demás, politiquillo del diablo! Y sí, esta es tu realidad, te repito que tú entregaste el equipo hace un rato.

Enojado, el chofer arrancó una de las hojas y la puso sobre el césped al alcance de Juan.

—Ahí está tu información personal, y al reverso la información que necesitas para que sepas qué hacer mientras regresamos por ti. ¡Adiós panzón!, quizá nos volvamos a ver pronto —le dijo dándose la media vuelta y dirigiéndose al vehículo.

—¡A sentarse todos, que se nos hace tarde! —le gritó a la desordenada bola de almas que habían armado un gran barullo y trataban de turnarse para seguir viendo al vencido y enojado espíritu de Juan.

—¡Adiós gordete! —le gritaban por las ventanillas abanicando las manos. —No aprendiste que la glotonería es un pecado.

"Adiós, tilicos desgraciados, ya arreglaremos cuentas cuando volvamos a encontrarnos", pensó Juan intentando recuperar el aliento para seguir con su más que penosa tarea.

Casi quince minutos después, el espíritu de Juan quedó por fin libre de su descomunal cuerpo. De pronto se sintió feliz al experimentar la ligereza que había perdido hacía tiempo. Brincó e hizo piruetas en el aire ligero, sin el peso que le había robado la felicidad en los últimos años. Lleno de júbilo corrió de un lado a otro del jardín y rio escandalosamente.

Cuando se calmó, tomó el documento que el chofer le había dado. Se sentó cerca del ventanal de la habitación y comenzó a leer.

DEPARTAMENTO DE TRANSPORTACIÓN DE ALMAS

Nombre: Juan Gallardo López.

Edad: 52 años

Fecha de nacimiento: 28 de Agosto 1953

Domicilio: Hacienda de las Flores, Carretera Federal de Jolotepec Km 12 Municipio de Tecoyotitán, estado de Cacomixtlán, México.

Ocupación: "Titulado" en la carrera de Leyes, político, presidente municipal y hombre de negocios, lavandero de dinero proveniente del tráfico de drogas.

Estado civil: casado, con un pasado lleno de numerosas amantes del sexo femenino y uno del sexo masculino.

Número de hijos: 2, Jaime de 26 años y Beatriz de 24. Ambos solteros.

Estatura: 1:70 metros

Peso: 140 kilogramos.

Rasgos físicos: Pelo negro (ondulado, teñido y escaso), nariz ancha, ojos color café claro, boca delgada, cara redonda, color de piel morena clara y complexión mórbidamente obesa.

Señas particulares: ninguna

Cualidades: Un amor puro, sincero y enorme por sus hijos, principalmente hacia su primogénito Jaime.

Defectos: Mentiroso, chanchullero, ratero, deshonesto en extremo, tramposo, matón, despiadado, infiel en extremo, glotón, ateo. Ama excesivamente todo lo material y vive bajo una filosofía de acumulación y exceso. Es un individuo totalmente alienado de las virtudes y cualidades que se le otorgaron al nacer.

Fecha de fallecimiento: 28 de agosto 2005

Causa de fallecimiento: Asfixia.

Hora de levantamiento del alma: Programada a las 5:40 a.m.

Destino: No especificado por ser un espíritu que debe someterse al tratamiento de REPETICION INDEFINIDA.

Observaciones: El alma del señor Juan Gallardo no pudo ser recogida en el momento indicado porque no estaba lista debido a que todavía se encontraba parcialmente debajo de su cuerpo. Se le esperó por más de veinte minutos.

El señor Gallardo recibió una copia de este documento y se le instruyó para que leyera el reverso donde encontrará información relevante para manejarse debidamente hasta que haya oportunidad de recoger su alma.

"¿Que me esperó por largo tiempo? ¡Qué mentiroso!", pensó. "¡Cabrones! No se les escapó nada. Incluso las revolcadas que me di con el joto de Rigoberto. ¡Y puros defectos! Al menos saben que el amor por mi hijo Jaime es el sentimiento más grande y puro que he tenido. ¿O fue? Caramba, se me olvidaba que ya estoy muerto. ¿O no?"

Releyó en voz alta:

—*Destino:* No especificado por ser un espíritu que debe someterse a tratamiento especial de REPETICION INDEFINIDA.

"¿Tratamiento especial? ¿Destino no especificado?" No supo por qué sintió un leve escalofrío. "¡Que chinguen a su madre si creen que van a confundirme! Seguro me enviarán a una corte marcial', se dijo rascándose la cabeza, "con eso de que no fui un santo." Y continuó: "No me preocupa. Viví, comí, bebí y disfruté todo lo que pude y nadie me quita lo bailado, y si tuve que quitar de mi camino a quienes me estorbaron pues ni modo, una vida más una menos, ¡qué más da!"

"Seguro me mandan al infierno, donde debe de haber billones de almas que ojalá todas anden chirundas, especialmente las almas femeninas, digo para echarme un buen taco de ojo con sus traseros y sus tetas al aire", siguió pensando con una sonrisa. "Siendo tantísimos, el único trabajo por hacer será echar un leño al fuego de vez en cuando. El trabajo de esclavo de seguro es para los que se van al cielo. Imagínate, cada mañana sacar el sol y las nubes. Y al anochecer meter el sol y las nubes, sacar todas las estrellas y encenderlas una a una. Y luego cuando sea tiempo, estar sacando la luna en sus diferentes fases asegurándose que no se pone un cuarto menguante en vez de un cuarto creciente. Y antes del amanecer apagar las estrellas y meterlas junto con la luna y… ¡carajo, es un cuento de nunca acabar!" Juan dirigió la mirada hacia el cielo y continuó pensando "y para terminarla de amolar se la han de pasar lavando y planchando sus túnicas blancas y puliendo con Brasso sus aureolas. ¡Nooo! Sin duda la vida en el infierno es más relajada. Pinche Juanito, solo a ti se te ocurre", finalizó riendo con ganas.

Luego, volteando la hoja dijo:

—A ver, vamos a ver qué dice atrás este papelucho, porque con eso de que me quedo en calidad de alma en pena es bueno saber a qué atenerme —y comenzó a leer.

MANUAL PARA ALMAS O ESPIRITUS EN SITUACIÓN ESTACIONARIA

El espíritu o alma se queda en calidad de alma en pena hasta que sea recogida por el vehículo del Más Allá cuando este último regrese a buscarlo.
Durante ese tiempo:
a) El espíritu será imperceptible a los sentidos humanos, pero se le recomienda no acercarse a los animales (especialmente perros y gatos) ya que estos últimos pueden sentir su presencia y causar un alboroto innecesario.
b) El espíritu seguirá experimentando una gran gama de sensaciones y sentimientos humanos (gusto, placer, odio, sufrimiento, desesperación, frustración, angustia, felicidad, tristeza y deseo sexual), hasta que sea llevado a rendir cuentas antes de que se decida su destino final.
c) El espíritu no podrá hacer nada para alterar los acontecimientos que presencie, ni podrá influir en otros para que cambien su comportamiento.
d) El espíritu gozará de todas las facultades intelectuales que tenía al momento de morir.
e) Los espíritus podrán atravesar cualquier objeto sólido como puertas, paredes, etc, aunque no podrán cambiar de posición o interferir el movimiento de cualquier materia concreta.
f) Los espíritus podrán pasar a través de las personas y las personas a través de los espíritus sin que esto afecte la composición molecular de ninguno de los dos.
g) El espíritu no podrá ni necesitará ingerir ningún tipo de alimentos o bebidas, aunque sin duda se le antojarán las que vea, especialmente las que disfrutaba en vida.
h) El espíritu debe evitar desplazarse más allá de diez kilómetros a la redonda de la zona donde se produjo su deceso, porque corre el peligro de perder el vehículo del Más Allá cuando este último regrese a recogerlo.
i) Después de algunas horas del fallecimiento el espíritu irá desarrollando gradualmente habilidad extrasensorial para decodificar las actividades de imaginación, juicio, razonamiento, recuerdos, observación y reflexión de las

personas que se encuentren a su alrededor a un máximo de cuatro metros de distancia.

Cumpliendo con el artículo cuarenta y dos, sección tres, de la Ley de Privacidad de Almas en Tránsito, este documento es cien por ciento invisible al ojo humano.

"¡Vaya!", pensó el espíritu de Juan Gallardo, "al menos nadie sabrá que me acosté con un maricón. Por cierto, cómo me encantaba cogérmelo. ¡Ese pinche Rigoberto! Le agarré tanto gusto al asunto, que por puro miedo de volverme puto como él tuve que mandarlo matar. Y eso que dice en el inciso *i*, ¿habilidad extra qué? ¡Sepa la chingada lo que quiere decir! ¡Estos están bien locos!"

El espíritu de Juan se levantó, dobló y puso el documento en el bolsillo trasero de su pantalón, observó su cuerpo con detenimiento y pensó, "¡Carajo, cómo me puse de gordo! ¡Ni modo! Qué bueno que ya no tengo que cargar toda esa grasa, como sea con el esfuerzo para salir de debajo de mi cuerpo, las piruetas y la corredera quedé agotado, sin duda necesito una siestecita", y se encaminó hacia la parte principal de la casa en cuyo primer piso se encontraba la habitación que compartía con Lucía, su esposa. Al entrar al hall y ya a punto de empezar a subir las escaleras, recordó que a Lucía no le gustaba que durmiera con ella cuando lo llevaban de regreso a su casa borracho, porque roncaba como un león y no la dejaba pegar el ojo durante toda la noche.

"Ni ganas de empezar con discusiones" se dijo entonces a sí mismo y dándose la media vuelta se metió a la sala y fue a recostarse en el sillón grande, donde se quedó quieto y trató de dormirse, con la esperanza de que todo lo que había vivido en los últimos minutos fuera solo un sueño.

CAPÍTULO 3

Más tarde, cuando se despertó, estaba tendido boca arriba en el sillón de la sala sintiéndose ligero y descansado. Repentinamente al verse los pies se sorprendió de no ver la enorme barriga que había portado penosamente en los últimos tres años.

En ese momento comprendió que todo lo ocurrido antes de dormirse no había sido ningún sueño. Por unos segundos sintió una mezcla de temor y pena, pero casi de inmediato recobró su arrogancia y sintiéndose orgulloso de su nueva condición pensó:

"¡Ahora sí cabrones, voy a tener el poder de ver y oír todo lo que hagan y digan sin que ustedes puedan darse cuenta! No habrá nada que puedan ocultar a su mero padre, el presidente municipal Juan Gallardo".

Sin levantarse se reacomodó hasta quedar sentado aún con los pies sobre el sillón, estiró los brazos bostezando y se dio cuenta de que parte de su mano derecha se introducía en la pared que daba a la biblioteca contigua a la sala. "¡Ah cabrón!" dijo sobresaltado, echando su brazo hacia atrás, lo que dejó a la vista su mano que estaba intacta. Entonces se paró de golpe y se puso frente al espacio que había entre el sillón y la lámpara de pie. Con cautela acercó la mano derecha y la empujó contra la pared y otra vez, para su sorpresa, la mano la atravesaba sin dificultad alguna. "¡Puedo atravesar la pared!", se dijo sacándola, y repitió la operación con ambas manos logrando el mismo resultado. Riendo nerviosamente metió en la pared su pie derecho y al ver que este resbalaba como si estuviera embadurnado con mantequilla decidió meter medio cuerpo y luego la cabeza. Cuando tuvo uno de los enormes libreros de la biblioteca frente a sus ojos echó hacia adelante todo el cuerpo, que terminó a un lado de la chimenea que había en la biblioteca. Sorprendido se dio cuenta que podía atravesar la pared y riendo como niño empezó a brincar de la biblioteca a la sala y viceversa hasta que dejó de hacerle gracia.

Se preguntó entonces si no sería que verdaderamente había sido todo un sueño, pero todavía seguía soñando. Pensó que la única manera de comprobarlo era ir a checar si su descomunal cuerpo estaba o no sobre el césped del jardín trasero, frente a la habitación de los invitados. "¡Y qué tal si es cierto que estiré la pata! Pinche Juanito ahí sí que estarías bien galán, sin esa barrigota que tenías que cargar a donde quiera. Lo bueno es que ese barrigón lo has hecho disfrutando los mejores *wiskis,* vinos y comida, si no qué vergüenza. Digo, debe ser una pena hacerse una panza como esa solo de comer tacos de frijoles y café con agua como un vil campesino. ¡No señor, yo he hecho la mía con estilo y refinamiento, así de chingón soy!" Luego, caminando ceremoniosamente y balanceando las manos atravesó la puerta seguro de sí mismo y cuando estuvo fuera, el olor de pan recién horneado lo hizo olvidarse de su propósito y en vez de dirigirse al patio trasero echó a andar hacia la cocina. "Mmm, pan calientito, ya están preparando todo para el almuerzo y la fiesta de esta noche", se dijo con gran satisfacción mientras se dirigía a la cocina para ver cómo iban los preparativos para su cumpleaños y de paso poner a prueba su invisibilidad.

En ese momento recordó que en la madrugada alguien le había dado un documento. Asaltado por la duda, se llevó la mano al bolsillo trasero, y sintió el papel entre sus dedos. Lo abrió y leyó el encabezado: DEPARTAMENTO DE TRANSPORTACIÓN DE ALMAS. El hipnótico olor del mole de María interrumpió su lectura "Mmm, molito" se dijo plegando el documento y volviendo a introducirlo en el bolsillo.

"Ahora podré ver cómo preparan la comida para la pachanga de esta noche y el almuerzo con molito. Ahora sí cabrones se les va a cebar el gusto de comer las viandas que están preparando para celebrarme el día de hoy. Ni modo", reflexionó con una sonrisa y continuó pensando "¡Mira que colgar los tenis el día de mi cumpleaños! ¡Hasta para eso fui original, carajo! Van a terminar cancelando todo y echando toda la comida a los dos pinches perros pulgosos que le regalaron a Beatriz sus amigotes hace dos años y a ese horrible gato negro que no sé de quién jodidos es pero que se pasea por mi casa como si fuera suya".

Cuando se paró en el marco de la puerta de la gran cocina, Pierre, el chef francés, estaba frente a una enorme mesa revisando minuciosamente, uno a uno, los treinta patos desplumados que tenía frente a él para asegurarse que las criadas los habían dejado perfectamente listos para cocinarlos. Mientras, María, la cocinera de planta, que había trabajado para los Gallardo por más de diez años, y seis mujeres más se encontraban ocupadas en tareas diversas para preparar el almuerzo.

En ese momento Carbón, el gato negro que habitaba la casa y que estaba bajo la mesa donde se encontraba Pierre, sintió la presencia de Juan, pegó un tremendo maullido, salió de donde estaba y se quedó parado frente a Pierre con la espalda arqueada, el pelo completamente erizado, los ojos enormes y las uñas afiladas. Y enseñando los dientes bufaba y gruñía amenazadoramente. Ante la reacción del gato, Pierre brincó hacia su derecha, pegó un grito y aventó por el aire el pato que tenía en las manos que fue a estrellarse en el suelo. Acto seguido Carbón salió de la cocina despavorido por la ventana, que estaba abierta de par en par. María y las criadas se carcajearon de tal modo que hicieron sentir ridículo a Pierre. Lleno de furia el chef levantó el pato y blandiéndolo en el aire gritó y con la cara enrojecida:

—¡*Putain de chat*! ¡Si lo vuelvo a ver por aquí lo rotizaré como a un conejo!

Desde la puerta Juan reía con todas sus ganas sin que nadie pudiera verlo.

Pero las criadas habían pasado de la diversión al espanto en un segundo, interrumpiendo su tarea horrorizadas y mirándose entre sí llenas de angustia.

—¡Sólo la presencia de un alma en pena pone así de locos a los gatos! - dijo una de ellas llena de miedo al tiempo que se persignaba —¡Dios nos proteja!

—Debió ser el alma de alguien muy malo y ponzoñoso, porque ese gato se puso más que loco —dijo otra limpiándose las manos en el delantal.

—¡Recemos para que descanse el ánima, sea de quien sea! —dijo una más sacando un rosario de una bolsa de jarcia que tenía bajo la enorme mesa donde estaban preparando todo.

—¡Qué rezar ni que ocho cuartos! —gritó María tratando de imponer el orden. —Tenemos que terminar de preparar el desayuno de los patrones. Recuerden que hoy hay que despertarlos porque al rato viene a almorzar con ellos el señor Obispo Ricavera con los padres Ricardo, Miguelito, Manuelito y Martín. El mole con pollo y el arroz están ya listos pero aún tendremos que hacer las tortillas y terminar los churros y el chocolate.

—¡Y no olviden que desde las dos aquí mando yo, habrá mucho que hacer, quiero que el banquete que voy a preparar para celebrar el cumpleaños de don Juan sea todo un éxito, como todo lo que hago! —agregó Pierre quien seguía revisando los patos escrupulosamente.

—No se nos olvida —le respondió María acercándose a una de las sirvientas a quien dijo en voz bajita: —Lo único que hará este chefecito de pacotilla será dar órdenes, probar lo que preparemos y pegar de gritos para terminar parándose el cuello con nuestro trabajo. ¡Este güero de porra! Si no supiera las recetas de memoria, no tendría nada que hacer aquí. Bien podríamos arreglárnoslas solas y sin tanto grito —concluyó frunciendo el ceño y torciendo la boca.

Desde la puerta Juan escuchaba divertido.

"Eso es bien cierto", pensó, "las sirvientas tienen mejor sazón que este francesito. Pero a mí me gusta que Pierre nos prepare cosas que sean *nais,* con nombres rimbombantes y que apantallen a la raza. Y bueno, ahora que lo pienso también, porque nunca he perdido, qué diga, nunca perdí la esperanza de cogérmelo, nunca dudé que fuera maricón, pero se llevaba tan bien con Lucía que no quise arriesgarme", agregó dando un gran suspiro y continuó: "La verdad es que me encantaba saberlo cerca, con esos ojos azules irresistibles, ese culito abundante que tiene y ese aire de desamparo e invalidez propio de los maricones que tanto me gusta. Eso me hace sentir fuerte, protector, poderoso. ¡Lástima que los machos no podamos tener a un puto de cabecera so pena de pervertirnos y volvernos débiles y mariquitas como ellos!", concluyó alzando los hombros.

El olor del mole poblano lo volvió a la realidad. "¡Ah! qué rico mole prepara siempre María! Sin duda el mejor que conozco", pensó sintiendo la boca llena de saliva y anticipando el placer de probar ese manjar mexicano.

Sin que nadie notara su presencia, el espíritu de Juan caminó hacia la alacena donde siempre había pan recién horneado para tomar un pedazo y meterlo a la cazuela del mole, tal y como era su costumbre cada vez que el delicioso aroma del mole de María se esparcía plácido y magnetizante por toda la casa. Con naturalidad y sabiéndose capaz de atravesar superficies, metió la mano a través de la puerta de la alacena e intentó sacar un pan, pero su mano se cerró en el aire sin poder agarrar nada.

"¡Cómo! ¿No hay pan fresco en esta casa?", se preguntó enojado. Dispuesto a checar, metió la cabeza a través de la puerta de la alacena que estaba llena de bolillos recién horneados. "¡A que la chingada! ¿Cómo que no puedo agarrar el pan para probar el molito, si puedo olerlo y estoy salivando como un perro? ¡Estas son chingaderas!", gritó realmente enojado al tiempo que sacaba la cabeza de la alacena y blandía los puños en el aire. "¡A Juan Gallardo nadie le hace esto sin pagarlo! ¡Nomás que tenga en las manos a ese chofercito hijo de puta que me dejó aquí atorado, voy a mandar a que le den su merecido!"

—¿Dónde pongo los churros? —le preguntó unas de las sirvientas a María.

—Aquí en la mesa, en esa charola que tiene la rejilla, así se les escurre el aceite. Agrégales el azúcar antes de que se enfríen, para que agarren mejor sabor —ordenó ella.

"¡A ver, a un lado!", dijo entonces Juan pasando a través del cuerpo de la sirvienta que hacendosa ponía azúcar sobre los churros.

"Yo quiero uno de esos churritos calientitos, así son más ricos". Intentó varias veces agarrar uno de los churros, pero fue inútil. Se sintió invadido de una gran indignación y manoteó intentando en vano tirarlos al piso. "¡Si yo no los puedo comer, nadie más tiene derecho a probarlos!", gritó sintiendo una frustración creciente.

—A ver, ustedes dos —les dijo María a dos de las sirvientas —dense una vuelta al comedor y pregúntenle a Dolores si no le hace falta nada, la pobre casi no durmió para dejar todo listo. Que no se le haya olvidado abrir el ventanal y ventilar el salón de fiestas. Díganle que las flores llegan a las once y llévense dos cajas de cervezas para meterlas al refrigerador que hay en el salón, pues el Obispo Ricavera y su comitiva estarán aquí puntuales a las doce para el almuerzo.

—¡Cervezas! ¡Qué corriente! —exclamó Pierre, quien parecía nunca terminar de checar y re checar sus patos.

—No todos comen tamales con champán como usted lo hace don Pierre —dijo María con una sonrisa burlona. Y continuó dirigiéndose a las criadas: —¡Vamos, vamos, ustedes dos al comedor y ustedes cuatro empiecen a moler el maíz para la masa de las tortillas!

Juan los observaba pensativo. Estaba serio y su transparencia y la capacidad de pasar a través de las cosas ya no le resultaba tan graciosa como antes.

—Además hay que preparar los jugos de la señora Lucía, que esa se nos despierta en cualquier momento —concluyó María.

"¡Lucía!", pensó Juan, "Me pregunto cómo va a reaccionar cuando sepa que he muerto".

Convencido al fin de que no podría más que oler la comida que estaban preparando en la cocina, salió de ahí con paso lento y lleno de frustración se dirigió hacia las escaleras para subir a la habitación que compartía con su mujer. Cuando subía el último escalón vio a Carlos, el joven jardinero de la casa, dirigiéndose hacia él. Venía metiéndose la camisa en los pantalones.

"¿Y 'ora este? ¿Qué anda haciendo por acá? Ya está como el pinche gato, andan como Juancho por su casa. Ya hablaré con Joaquín para que se encargue de ponerlo en su lugar", pensó el espíritu de Juan.

No se molestó en abrir la puerta de la habitación, porque sabía que podía entrar simplemente atravesando la pared. Lucía dormía mimosa, con una enorme sonrisa de satisfacción.

Juan se quedó parado cerca de la cama y la observó detenidamente. Sintió un golpe en el estómago, conocía muy bien a su esposa y sabía que esa sonrisa y esa placidez se instalaban en su cara solamente después de haber hecho el amor en forma plena y satisfactoria como a ella le gustaba.

"¿Y a ésta de dónde le sale esa sonrisota si yo no la he visto por dos días? Y ni soñar con haberle hecho el amor, con esa pinche barrigota que tenía ya no podía ni acomodarme para darle un beso a la pobre", pensó con cierta culpa, y le dijo en voz muy baja "Te he tenido abandonada. Tú aún con el paso de los años sigues siendo tan bella. Al menos de algo ha valido todo el dinero que nos gastamos en ponerte gimnasio en la casa y pagarte un entrenador personal. Siempre te ha gustado verte bonita". Después se metió juguetón dentro de las sábanas, sintiéndose excitado y con un gran deseo de hacerle el amor a su esposa. Intentó en vano besarle la cara y abrazarla. Sus brazos la atravesaban sin poder asirse a por lo menos un centímetro de su cuerpo. Y besarla resultaba igualmente imposible.

"¡Estos desgraciados! ¡Si no puedo besarla mucho menos voy a poder cogérmela!", gritó lleno de frustración. Y continuó: "¡Estas son verdaderas chingaderas! ¡Nomás me entere quién está detrás de todo esto y se los va a llevar el carajo! ¡No sólo me dejan con el antojo de la comida de María, también me dejan con las ganas y el deseo por mi esposa atorado entre las piernas! ¡Este pinche jueguito está empezando a cansarme!" El espíritu de Juan se sentó en la orilla de la cama con una sensación de vacío mientras Lucía se reacomodaba. Sin saber realmente qué pensar, se levantó y salió de la habitación, caminó hacia la escalera y bajó con lentitud. La enorme casa se hallaba en silencio, sólo en la cocina y el comedor había ajetreo.

Por diez años Juan había hecho un acontecimiento de su cumpleaños. Las fiestas y comilonas para celebrarlo eran bien conocidas en el estado y gente de todo tipo, desde políticos, narcotraficantes, militares de alto rango, hombres de negocios muy importantes y algún que otro miembro de la farándula asistían a sabiendas que comerían y beberían de lo mejor. Juan se dirigió hacia el enorme comedor. Entró atravesando la puerta. Ahí se encontraba Dolores, la fiel ama de llaves que trabajaba para la familia Gallardo desde que se habían mudado a esa casa.

—Gracias, metan estas cervezas en el refrigerador del salón de fiestas y abran las puertas corredizas y el ventanal- dijo ella a las dos criadas que había enviado la cocinera- Regresen a la cocina, yo aquí me las arreglo sola, casi he terminado. Díganle a María que todo estará listo para recibir al señor Obispo Ricavera y su comitiva.

Las dos criadas tomaron las cajas y se dirigieron al cuarto contiguo, que era enorme. Juan caminó alrededor de la mesa y no pudo sino apreciar el esmero que Dolores estaba poniendo en su tarea. Se acercó a ella y la observó de pies a cabeza.

"No está tan mal la Dolores, le ha sentado la soltería, si no fuera tan beata aún podría encontrarse a alguien", pensó acercándose a ella y tratando de morderle una oreja, lo que por supuesto le fue imposible. Sin saber por qué, Dolores se estremeció levemente.

Dolores caminó hacia la cabecera de la mesa donde estaba la silla de Juan. Sacó de su bolsillo una servilleta de lino cuidadosamente doblada, que tenía bordadas a mano las iniciales JG, la puso en el lugar de Juan y puso los cubiertos sobre ella.

El espíritu de Juan atravesó la pared corrediza de madera que había entre el comedor y el salón de fiestas, que tenía un gran ventanal que daba al enorme jardín que rodeaba la construcción principal de la casa, donde esa noche tocaría nada más y nada menos que la sonora "Estallido," considerada como una de las mejores del país. Apenas se paró junto al ventanal que estaba completamente abierto, el Canelo y la Martina, que eran los perros de Beatriz, empezaron a aullar tan frenéticamente que Hugo y Sebastián, los guardias que siempre estaban apostados a la entrada principal de la mansión corrieron hasta ellos para callarlos antes de que despertaran a sus patrones. Dolores intentaba en vano apaciguar a los animales, que ladraban amenazantes enseñando los dientes.

—¿Y 'ora qué les pasa a estos animales del demonio? —preguntó Hugo desconcertado. —Hay que callarlos de inmediato o despertarán a los patrones.

—¡Solo Dios! —contestó Dolores —Nomás de repente se pusieron como locos. Pero hay que hacer todo lo posible para callarlos.

Hugo se las arregló para apaciguar al Canelo. A Sebastián la Martina le pegó una mordida en la mano.

—¡Maldito perro, ya me mordió! —gritó al tiempo que tiraba una patada que el animal esquivó hábilmente.

—¡Llévenselos pa' otro lado! —gritó Dolores.

Mientras, el espíritu de Juan hacía gestos amenazantes a los perros desde la entrada del salón de fiestas. Estaba más que divertido de ver la reacción de los animales. "¡Pinches perros, en verdad que sienten mi presencia!", pensó.

Como pudieron los guardias se llevaron a los perros, que empezaron a calmarse en cuanto Juan se quedó quieto. En ese momento llegó María.

—A ver si no despertaron a los patrones, porque si no Don Juan va a estar de malas todo el día y va a estar enfadado con quien se le ponga enfrente. ¡Barrigón del diablo! —dijo María dibujando con sus manos en el aire una enorme barriga e inflando sus cachetes. Se rió y continuó —Ya supe cómo lo trajeron casi inconsciente en la madrugada. Más vale que ese botijón duerma a pierna suelta hasta por lo menos las diez que es cuando hay que ir a despertarlo, para que esté de buen humor cuando llegue el Obispo y su bola de curitas, que sin duda estarán puntuales a las doce para gorrear el almuerzo —terminó alzando los hombros con un suspiro.

—¡Qué mala! —la interrumpió Dolores —El pobre no le ha hecho daño a nadie, solo come y bebe demasiado. ¡Pero es buena persona!

—¡Qué sabes tú, Dolores, de todo lo que debe este panzón! Mil vidas no le alcanzarían para pagar todo el mal que ha hecho —respondió María con la mirada cargada de odio.

Juan observaba la escena con gran desconcierto. Caminó hacia donde estaba María.

"¿Joder todo el día? ¿Botijón? ¡India ignorante!", gritó acercándose a ella. "¡Qué forma más atrevida de referirse a mí! Te vas a quedar sin trabajo para que aprendas a no morder la mano del amo que te da de comer. En tantos años no has aprendido nada de humildad. ¡Ya te daré tu merecido!", gritó iracundo sin que nadie a su alrededor se alterara en lo más mínimo.

—Bueno, a seguir trabajando o la comida no va a estar a tiempo. Si necesitas algo me avisas —le dijo María a Dolores dándose media vuelta y dirigiéndose a la cocina seguida por Juan, quien empezaba a sentirse más tranquilo.

En la cocina todos seguían concentrados en su tarea, sobre todo Pierre que continuaba revisando minuciosamente los patos y quejándose por cualquier pequeñísimo cañón de pluma que encontraba en la piel de las aves. Juan se sentó en una esquina, frustrado y aburrido de no poder hacer nada más que ver y oír todo lo que pasaba. La reacción de los perros y la imposibilidad de intervenir le daban la razón a lo que había leído en aquel papel que le había dado el chofer del Más Allá.

Eran casi las diez y media cuando María interrumpió su tarea para poner en una charola un refresco de cola y un par de aspirinas.

—A ver Jovita —le dijo a una de las sirvientas mientras agarraba la charola y se dirigía hacia la puerta —Prepara un jugo de naranja, uno de manzana y un plato de papaya picada para la señora Lucía y ponlos en una charola. Después alistas todo para hacer unos huevos rancheros por si se le antojan al patrón. Ahora regreso, voy a despertarlo, a llevarle esto para que se cure la cruda y a prepararle el baño —concluyó saliendo de la cocina.

Juan se levantó de su asiento y fue tras ella. Caminaron por el pequeño corredor, atravesaron el enorme jardín principal en donde Carlos se encontraba fumando tranquilamente. Juan se acercó a él y de un manotazo intentó inútilmente tumbarle el cigarrillo de la boca.

"¡Gran hijo de puta! Te pago para que trabajes, no para que andes paseando por toda mi casa y tomándote tiempo para disfrutar tus cigarrotes. ¡Te voy a poner de patitas en la calle tan pronto como pueda!", le gritó mientras seguía a María con paso apurado.

Al pararse frente a la puerta de la habitación donde sabía Juan se encontraba durmiendo, la mujer se dio cuenta de inmediato que su patrón no estaba roncando tan escandalosamente como acostumbraba hacerlo. "El timbón no está roncando", pensó. Luego entreabrió la puerta dando unos toquecitos leves.

—¿Se puede? —preguntó abriéndola poco a poco.

La habitación estaba llena de luz, la puerta del ventanal que daba al jardín estaba abierta. Se metió a la recámara. Juan no estaba en la cama. María vio el cortinero caído y sintió un shock al ver un par de pies regordetes inmóviles en el piso y la cortina tapando a medias un enorme bulto que se encontraba en el suelo.

El espíritu de Juan eligió ese momento para arremeter contra ella y tratar de empujarla sobre la cama. "¡Ahora sí india desgraciada te voy a hacer tragar tus palabras! ¡Yo soy tu padre, no un botijón como le dijiste a Dolores!", gritó atravesando el cuerpo de María, pero ella no se inmutó para nada. En cambio, fue Juan el que fue a dar sobre la cama. Enardecido se paró de inmediato e intentó jalarla. "¡India del carajo! Siempre con la cuchara en las manos, ¡ponte esto en las manos para que al menos disfrutes!", dijo sacando su pene. Totalmente ajena a lo que Juan pretendía hacer, María comenzó a abrir los ojos espantada y puso la charola sobre la cama. Luego se le dibujó una sonrisa de incredulidad en la boca y sintió un escalofrío subiéndole por la espalda.

"¡Cómo chingaos es posible que yo, Juan Gallardo, no pueda darle lo que se merece a esta india pata rajada!", gritó el espíritu de Juan haciendo un berrinche lleno de rabia. "¡Ya me cansé de este juego estúpido! ¡Juro que quien haya ordenado toda esta mierda que está pasando lo pagará con su sangre!", insistió mientras lanzaba puñetazos que atravesaban la cara de María sin tocarla.

—Patrón, ¿está usted bien? —preguntó ella acercándose al descomunal cuerpo que se hallaba casi en su totalidad tirado en el jardín. Solo tenía los pies dentro de la habitación y el resto del cuerpo se encontraba sobre el pasto. Le costaba trabajo entender lo que veía mientras se acercaba a aquel bulto. Ahí estaba Juan, boca arriba, con la cortina tapándole gran parte de la barriga.

—¿Don Juan, está usted bien? —repitió acercándose al cuerpo con lentitud y moviendo la cortina a un lado para dejar la descomunal barriga descubierta. —Patrón, ¿está usted bien? —preguntó nuevamente al tiempo que movía con su mano la barriga de Juan. No hubo respuesta. La gélida frialdad de la piel hizo que le recorriera un escalofrío por toda la espina dorsal. Dio unos pasos más hasta que pudo ver la cara de él que estaba semi azulada, con una expresión de terror en la cara, con los ojos bien abiertos y desorbitados. Tenía la boca totalmente abierta como si quisiera gritar, y llena de una especie de masa acuosa color café claro, que había escurrido en hilillos por ambos lados de la cara hasta tocar el suelo.

"¡Está muerto!", se dijo entonces quedito, sin poder reprimir una sonrisa de triunfo que hizo al espíritu de Juan estremecerse. Luego, lo más fuerte que pudo, le dio una patada en la barriga.

"¿Qué clase de mierda eres, india del carajo?", exclamó Juan indignado. "Estás pateando mi cuerpo, yo soy tu patrón. ¡Tu mero padre!", le gritó en la cara.

—¡Te moriste, perro del mal! ¡Y en tu merito cumpleaños! —dijo ella sin evitar ponerse a reír nerviosamente. ¡Vas a celebrarlo rotizándote en el infierno! —agregó mientras se frotaba las manos gustosa.

Juan no podía creer lo que estaba escuchando. Nunca habría podido pensar que una simple criada manifestara tanto odio hacia él.

Cuando María se acercó más al cuerpo inerte de Juan, se dio cuenta de que la boca y las fosas nasales estaban llenas de vómito.

—¡Jesús! —dijo persignándose, —¡Tiene la boca y las narices llenas de porquería! —y continuó —¡Se ahogó en su propio vómito! ¡Gracias Dios mío! Se murió sufriendo como lo merecía. Gracias por escuchar mis oraciones —dijo llena de fervor, y terminó: —Me pregunto si Efraín y Manuel tuvieron algo que ver con esto. Si fue así, van a estar felices. ¡Todos hemos esperado tanto este momento! Con gran cuidado volvió a poner la cortina sobre la barriga del cadáver y se dirigió con paso triunfal hacia la puerta.

"¿De qué hablas india del diablo?", le gritó Juan intentando en vano detenerla. "¿Qué es lo que pasa? ¿Por qué Manuel y Efraín estarán felices? ¡Bola de cabrones! ¡Cómo que esperaban que me muriera! ¡Qué me hicieron, desgraciados!", gritó fuera de sí intentando en vano sacudir el cuerpo de María para hacerla confesar mientras caminaba de espaldas frente a ella.

Apenas estuvo fuera de la habitación, María cambió de gesto y empezó a llorar y gritar como una loca.

—¡Ay, se nos murió el patrón! ¡Dios lo tenga en su santa gloria!

Y así, gimoteando, se dirigió hacia la oficina que Juan tenía en la mansión y que compartía con su secretario Joaquín Garrido, que igual que las habitaciones para los invitados se encontraba en la parte trasera de la casa.

"¡Pinche María! Eres de lo más teatrera, alguien te dará tu merecido", le gritó Juan en el colmo de la desesperación.

Pero ella no podía escucharlo.

CAPÍTULO 4

Joaquín Garrido había sido el secretario particular y hombre de confianza de Juan desde que empezara su carrera en la política. Ese domingo había llegado temprano a la mansión de los Gallardo con el fin de controlar todo lo referente a compras y otros detalles de la fiesta que se celebraría esa noche. Cuando Hugo le dio paso franco Joaquín paró el carro junto a la garita y bajó la ventanilla.

—¡Buenos días patrón! —le dijo Hugo con cordialidad. -¿Podría poner su carro lejos de la entrada?

—No hay problema Hugo —le dijo Joaquín. Y preguntó —¿Cómo va todo?

—Por ahora está tranquilo, pero hubiera visto en la madruga-da, fue un verdadero triunfo poner a don Juan en su cama. Cómo pesa el condenado —respondió Hugo.

—¿Volvió a beber?

—Venía más borracho que una cuba, estaba completamente inconsciente y roncaba como un león por lo que tuvimos que cargarlo hasta su habitación entre todos. Hasta el señor Pierre que no estaba nada contento con la idea. Entre él, Efraín, Manuel y yo pusimos al patrón en su cama, yo me regresé a la garita, Pierre a la cocina y ellos se quedaron para desvestirlo y dejarlo en la cama. ¡De verdad que sudamos! Pobre patrón, ni amarrarse las agujetas puede ya con ese tamaño barrigón que se carga y…

—¡Bueno, bueno! —interrumpió Joaquín —luego me cuentas lo demás porque tengo mucho que hacer. Estaré en la oficina. Avísale a Dolores por si alguien me necesita —dijo, y luego manejó hasta donde le había indicado el guardia de seguridad, estacionó el carro, tomó su portafolio y se encaminó hacia la oficina que se encontraba al lado de la biblioteca que poco se usaba desde que Jaime, el único hijo varón de Juan, se había marchado a seguir sus estudios en un internado Ingles apenas terminada la secundaria.

Joaquín era un hombre de cincuenta y dos años, bajito y delgado, impecablemente pulcro y ordenado, siempre envuelto en la formalidad de un traje de color obscuro. Tenía un bigote fino y delgado de puntas engominadas, cabello corto y negro, y usaba unas gafas pequeñas y redondas.

Él y Juan se habían conocido en la universidad cuando estudiaban leyes. Juan había mostrado ser un orador nato desde que estudiaba en preparatoria, y en la universidad había ocupado la presidencia de la asociación estudiantil por casi dos años. En ese entonces, Juan estaba lleno de ideales de justicia y respeto y ponía siempre lo mejor de sí y de su tiempo para asegurar que los derechos de los estudiantes fueran respetados. Por ese motivo, pasaba largas horas en mítines, reuniones y manifestaciones, lo que irremediablemente le llevaba a perder clases y no tener suficiente tiempo para estudiar.

Joaquín era callado, sumamente metódico, analítico y muy buen estudiante, aunque un poco taciturno. Admiraba a Juan abiertamente hasta el punto de provocar comentarios maliciosos entre sus compañeros. Era el único que ayudaba a Juan a ponerse al corriente de las clases perdidas dándole copias de sus apuntes, aunque al final casi nunca tenía tiempo para leerlos.

Sin hacer caso de los rumores, Juan había alimentado esa relación más por agradecimiento que por afecto; y después de que las clases de la univérsidad terminaran, Joaquín había sido el único que había seguido en contacto con él.

Cuando años después Juan empezó a dar sus primeros pasos en el mundo de la política, agradecido y recordando lo metódico que era Joaquín, le llamó para ofrecerle un puesto como secretario y a poco se convirtió en su mano derecha, porque tenía gran capacidad para ver detalles importantes de los asuntos de política y dinero que

Juan pasaba por alto, le preparaba todos y cada uno de sus discursos y lo mantenía bien informado acerca de las noticias preparándole un resumen diario de las más relevantes. Todo eso, y su constante fidelidad, lo habían convertido en un elemento clave en la vida de Juan.

"¡Tú y yo llegaremos muy alto, querido Joaquín!", le había dicho en varias ocasiones, y en verdad su salario se había disparado hasta el cielo principalmente desde que su jefe se había asociado con Beltrán en el negocio de las casas de cambio en el que Beatriz, la hija de Juan, figuraba como socia.

Ese domingo, después de estacionar el carro, Joaquín se encerró con llave en la oficina para preparar unos sobres con el dinero de los pagos en efectivo que haría al día siguiente. Juan exigía que todo lo relacionado con su vida personal se pagara en efectivo, por lo que generalmente había enormes sumas de dinero en la caja fuerte, cuya combinación solo él y Joaquín sabían. De repente, la tarea se vio interrumpida por los gritos de María.

—¡Don Joaquín! ¡Venga por favor, ha pasado una desgracia! —gritaba ella mientras tocaba desesperadamente la puerta de la oficina ante el asombro del espíritu de Juan que la había seguido hasta ahí.

Joaquín metió los sobres y el dinero en la caja fuerte. Enseguida abrió la puerta enojado.

—¿Qué diablos te pasa mujer? ¿Por qué gritas de esa manera? ¿No ves que estoy trabajando? ¡Vas a despertar a Don Juan!

—¡Ay! Don Joaquín, el patroncito no va a despertar ni con mil tamborazos. ¡Está bien muerto el pobrecito!

—¿De qué hablas? ¿Estás segura de lo que dices? ¿Dónde está Juan?

—Está tirado aquí atrasito en el jardín. Está azulado y frío, frío el pobrecito. ¡Dios lo tenga en su gloria! —dijo con los ojos llenos de lágrimas.

El espíritu de Juan no podía creer tanta hipocresía. "¡India pata rajada! ¡Dile que me pateaste!", gritó indignado al tiempo que inútilmente intentaba jalarla de una trenza.

—¿De qué estás hablando? —dijo Joaquín y continuó: —Me dijeron que lo trajeron totalmente borracho, estaba inconsciente cuando lo trajeron a la casa durante la madrugada. Seguramente sigue dormido y te confundiste. ¡Vamos! —ordenó mientras echaba llave a la puerta de la biblioteca. Y tomando a María del brazo echaron a andar de prisa hacia donde estaba el cuerpo, seguidos de cerca por el espíritu de Juan.

"¡Ahora sí pinche María, vas a saber lo que es bueno! Joaquín te hará tragarte tus ofensas y el que me hayas golpeado tan cobardemente", le gritó amenazante sin que ella se inmutara.

Joaquín se acercó al cuerpo con cautela. Cuando vio los ojos inmóviles y desmesuradamente abiertos, enmarcados en aquel rictus de terror que tenía su rostro y la boca llena de vómito, tuvo la certeza de que estaba muerto.

—¡El pobre! —dijo con un gesto de asco que no pudo evitar —¡Se   asfixió con su propio vómito! No debemos tocar nada, ven conmigo pues habrá que llamar a la policía. Y avisarle a los demás —dijo Joaquín sacando rápidamente una toallita desinfectante para limpiarse las manos y la nariz.

Salieron de la habitación seguidos por el espíritu de Juan y caminaron por el jardín principal hasta llegar a la puerta corrediza del salón de fiestas, que estaba abierta de par en par. Dolores los vio atravesar el salón y el comedor con pasos rápidos. María se veía angustiada y llorosa.

"Seguro el señor Pierre la hizo llorar, con lo sangrón y exigente que es", pensó y sin darle más importancia al asunto continuó checando con todo detalle la mesa donde pronto estarían almorzando Juan y Lucía con el Obispo y su corte de curitas.

Joaquín y María se metieron a la biblioteca principal de la casa. Ella se quedó de pie junto a la mesa central mientras él buscaba el número del médico de la familia en su celular. Juan los observaba desde la puerta.

—Buenos días —dijo Joaquín —Necesito hablar con el doctor Rubio si es tan amable.

—…

—Por supuesto que sé que el doctor no atiende los domingos. Por eso estoy llamando a su casa, es un asunto extremadamente urgente, dígale que habla el secretario particular del presidente municipal, por favor.

Juan se acercó a Joaquín para escuchar la conversación.

—Buenos días —se oyó la voz del doctor.

—Buenos días doctor Rubio —dijo Joaquín con voz grave —Tiene usted que venir a la casa de los Gallardo inmediatamente.

—Deme una buena razón para hacerlo, porque sus sirvientas saben de sobra cómo curarle la cruda a su patrón —dijo el médico al otro lado de la línea.

—El presidente municipal está muerto, parece que bebió como nunca y se asfixió con su propio vómito —respondió Joaquín, y continuó: —Supongo que es usted quien debe examinarlo primero.

—¿A quién diablos se le ocurre morirse en domingo? Con eso me echa a perder el día por completo, ¡caramba! —dijo el doctor Rubio contrariado.

"¿Domingo?" gritó el espíritu de Juan y continuó hablando sin tener consciencia de que nadie lo podía escuchar. "¡Te voy a echar a perder el resto de tu cochina vida! ¡Años pagándote una fortuna para que seas nuestro médico de cabecera!", y se puso en jarras frente a su secretario. "¡Joaquín, saca a este cabrón de la nómina en cuanto ponga los pies en esta casa! ¿Me oyes? ¿Me estás escuchando? ¡Con un carajo!".

—Voy para allá, —terminó entretanto el doctor —¿ha llamado a la policía? Le agradezco que me avisara primero, pero la policía debe ir de inmediato.

—No. Los llamaré ahora mismo, nos vemos pronto —Joaquín dio por terminada la llamada y de inmediato llamó a la policía, quienes al saber que se trataba del Presidente Municipal, le aseguraron que estarían en la residencia de los Gallardo lo más pronto posible. El secretario guardó su celular en el bolsillo, y luego tomó una toallita desinfectante de su escritorio, se limpió las manos y la arrojó en el bote de la basura.

—María —ordenó a la criada —avísele a Hugo que pronto vendrá la policía. Yo voy a la oficina por un par de aspirinas y luego subo para avisarle personalmente a Lucía.

—Como ordene, don Joaquín —respondió ella y echó a andar hacia la entrada de la casa.

Joaquín se dirigió apresurado hacia la oficina. En cuanto entró echó llave, pero el espíritu de Juan entró tras él atravesando la puerta sin problema. Vio que Joaquín abría apresuradamente la caja fuerte con un pañuelo en las manos.

"¿Y este qué está haciendo?", se preguntó.

Joaquín seguía en su tarea. Una vez que abrió la caja se dijo *"¡Estamos de suerte Joaquín! ¡Cincuenta mil dólares! Y pensar que había insistido tanto en que Juan no debería tener tanto dinero en efectivo, qué bueno que nunca me hizo caso"*. Luego sacó varios fajos de billetes americanos casi nuevos, abrió una bolsa de supermercado que tenía siempre en un cajón de su escritorio y metió el dinero con una sonrisa enorme en la boca. *"Y estos papelitos de una de las cuentas en Suiza que ni Beltrán conoce. Me jubilaré millonario. Gracias Juanito, de algo me sirvió haberte querido y servido por tanto tiempo. Lástima que cambiaste hasta convertirte en un cerdo despiadado y vacío"*, concluyó

"¿Un cerdo? ¿Y qué haces guardándote ese dinero?" le preguntó Juan. Pero le llamó la atención estar seguro de que su secretario en ningún momento había movido los labios para decir todo esto. "¡Nunca te hubiera creído capaz de tanta bajeza!", le gritó parándose frente a él lleno de decepción y de enojo sin poder creer lo que estaba escuchando. "¡Si alguien consideré un amigo fuiste tú! ¡Si en alguien confié por tantos años fue en ti!", gruñó como un animal herido al tiempo que lanzaba con todas sus fuerzas un puñetazo a Joaquín, sólo para ver cómo su brazo le atravesaba la cara sin causarle el más mínimo daño. Y continuó gritando enardecido: "¡Tú eres mi hombre de confianza, el único que conoce la combinación de mi caja! ¡Ni a Lucía quise darle la combinación de la caja fuerte por temor a que me robara! ¡Desgraciado, esa cuenta secreta en Suiza es donde tengo depositada la mayor parte de mi fortuna! ¿Qué es lo que intentas hacer?"

—Con esto será suficiente para mi futuro —se dijo entretanto Joaquín sin oír lo que Juan gritaba, mientras cerraba la caja fuerte.

Tomó la bolsa y se dirigió hacia una esquina de la oficina frente al enorme librero, removió varios libros de la parte más baja para dejar al descubierto un compartimiento secreto que solo él y Juan conocían, y marcó un número en la chapa de seguridad. Abrió la puerta y metió la bolsa. Cerró la puerta y volvió a poner los libros en su lugar. Al terminar sacó otra toallita desinfectante de su bolsillo, se limpió las manos, abrió la puerta de la oficina y se sentó ante el escritorio de Juan, luego tomó el celular y marcó el número del apartamento que Beltrán tenía en el municipio, pero nadie contestó. Recordó la fiesta del día anterior en casa de Ángela y llamó a la casa de ella.

Beltrán estaba aún en la cama, al lado de la puta que se había quedado con él después de la fiesta. Cuando le pasaron el teléfono tomó torpemente el auricular.

—¡Bueno! —dijo enojado.

—Buenos días don Roberto —respondió Joaquín con seriedad.

Mientras, el espíritu de Juan se acomodó junto él pegando la oreja al teléfono.

—¡No chingues Joaquín! ¡Cómo se te ocurre despertarme, apenas he dormido unas cuantas horas! ¡Más vale que me estés despertando por algo de suma importancia porque si no vamos a tener serios problemas! —dijo Beltrán molesto.

—Usted dirá qué tan importante es el hecho de que el presidente municipal haya amanecido muerto —le respondió Joaquín haciendo una sonrisa burlona.

—¿De qué estás hablando? ¿Cómo que amaneció muerto? —gritó Beltrán despabilándose de golpe.

—Como lo oye don Roberto, se asfixió con su propio vómito.

—¡Me lleva la chingada! ¡Panzón de mierda! Eso pone a temblar todo el negocio y no podemos permitirlo. ¿Sabes quién es su heredero universal? —preguntó al tiempo que pensaba en posibles soluciones.

—Jaime.

—¡Pues habrá que hablar con él en cuanto sea posible! ¡Maldita sea! —vociferó Beltrán en el auricular —Debemos buscar continuidad para que nada se venga abajo. Déjame saber de inmediato en cuanto él llegue para el funeral. Voy a hablar con el gobernador para que busque quién substituya a Juan y cuadrar todo. Espero que ese marica de Jaime no sea un problema.

"¡Hijo de puta! ¿Cómo te atreves a llamar marica a mi hijo?", gritó Juan en el auricular. "¡Él es un señor doctor, no un advenedizo sin educación como tú! ¡Yo espero que Jaime sí sea un problema y te mande a la mierda!".

—Hace unos minutos llamé al doctor Rubio y a la policía. Le tendré informado —terminó Joaquín sin que ni él ni Beltrán escucharan los gritos de Juan.

—Está bien, yo intentaré dormir un poco más —contestó Beltrán dando por terminada la conversación.

Joaquín apenas había colgado el teléfono cuando escuchó un barullo en el jardín. Salió de la oficina, echó llave a la puerta y desde una ventana en el pequeño corredor vio a las empleadas de la cocina, a Sebastián, a María, Dolores, Hugo, Pierre y Carlos el jardinero seguidos por los perros y el gato negro de la casa, que se dirigían a toda prisa hacia el jardín donde se encontraba el cadáver de Juan.

Joaquín volvió a meterse a la oficina y abrió el compartimiento donde había puesto la bolsa de supermercado con el dinero y los documentos de la cuenta bancaria en Suiza. Juan no se había molestado en entrar completamente a la oficina, solo había metido la cabeza para observar desde ahí a Joaquín, pensando que trataría de poner el dinero en su carro antes de que llegara la policía. Y así fue. El secretario cerró el compartimiento, sacó una toallita sanitaria y limpió la chapa, reacomodó los libros y después sacó otra toallita con la que se limpió perfectamente las manos. Se dirigió hacia la puerta que el espíritu de Juan trataba inútilmente de bloquear para impedirle el paso al tiempo que gritaba "¡Cabrón! ¡Tú no sales de aquí con mi dinero! ¡Eres un ladrón! ¡Cómo pude confiar en ti!".

Joaquín salió de la oficina atravesando al espíritu de Juan y se dirigió de prisa hacia su automóvil. Juan lo siguió apresurado. Cuando abrió la puerta del carro el espíritu de Juan intentó inútilmente arrebatarle la bolsa de supermercado mientras gritaba "¡Trae acá desgraciado, no te voy a permitir que me robes de esa manera!".

Joaquín puso la bolsa con el dinero debajo de su asiento, cerró el carro con llave y se encaminó hacia el jardín trasero seguido por el espíritu de Juan, que iba lleno de rabia. Ahí se encontraban los demás alrededor del cadáver. Joaquín decidió no intervenir y se acomodó en la entrada del jardín desde donde podía observar lo que estaba pasando.

De inmediato la rabia de Juan se tornó en curiosidad. Un tanto atemorizado, se acercó a los demás para ver de cerca lo que hacían. Arremolinados alrededor de su cadáver, con una excitación colectiva y entre murmullos, todos se empujaban entre sí con el fin de tener el mejor lugar para observar con detalle el cuerpo frío y azulado que yacía en el suelo. Los animales estaban inquietos oliendo el césped, ladrando y moviéndose de un lado a otro.

Juan advirtió que Dolores casi se desmayaba al intentar acercarse al cuerpo que se encontraba frente a ella, y le pareció extraño ver cómo apretaba fuertemente los labios, mientras creyó escucharla gritar: *"¡Juan! ¡Juan de mi corazón! ¡Mi Juan amado!"*. De inmediato volteó hacia su derecha donde se encontraba Carlos el jardinero, porque también le pareció escucharlo decir algo relacionado con mujer y dinero. Pero Carlos tenía los músculos de la cara tensos y la boca bien cerrada en un gesto con el que parecía refrenar lo que parecía ser una amplia sonrisa.

"¡Con un demonio! O me estoy volviendo loco o estos dos están jugando al ventrílocuo", se dijo y continuó "¡Nomás eso me faltaría, empezar a alucinar y a escuchar voces!".

María interrumpió sus cavilaciones pegando un enorme grito.

—¡Nomás se puede ver! ¡Don Joaquín está llamando a la policía y me dijo que no se debería mover nada! ¡Hazte a un lado! —dijo a Dolores al tiempo que la empujaba hacia atrás. El ama de llaves lloraba en silencio.

Llenos de asombro, todos recorrían con la mirada el cadáver de su patrón, unos con cierto grado de lástima, otros tratando de disimular la sonrisa que espontáneamente les afloraba en el rostro. Lo observaban lenta y cuidadosamente desde los pies regordetes, envueltos en un par de calcetines de seda delgados casi transparentes de color azul marino (que más bien parecían color violeta debido al color que la piel del cadáver había adquirido), subiendo por las rodillas que estaban un poco encogidas; los calzoncillos mata-pasiones de seda que hacían juego con los calcetines, y la gruesa cortina con flores y hojas de tonos marrón y verde que cubría parte de la descomunal barriga y las piernas; la camiseta blanca de algodón sin mangas los brazos y las manos grandes con los dedos gruesos que estaban crispados alrededor de la cortina, y cuyas uñas parecían pintadas con un barniz morado intenso; la papada enorme que colgaba hacia ambos lados de la cara un tanto desinflada; la boca completamente abierta y la nariz llenas de un vómito que despedía un olorcillo desagradable y que se había escurrido por ambos lados de la cara hacia el piso, embarrando el pelo y las orejas de Juan para terminar formando extrañas formas en el pasto; y los ojos de un color indeterminado, vidriosos, totalmente desorbitados, que parecían amenazar con salir en cualquier momento disparados en el aire como corchos de una botella de champán en una fiesta de ricos.

El primero en romper el silencio fue Pierre el cocinero, que estaba parado cerca de los pies del cadáver. Cuando fijó su mirada en la cara de Juan sintió un asco que le invadió el estómago y lo llenó de ganas de vomitar.

—*¡Oh mon dieu! ¡c'est dégoûtan!* —gritó, y volteándose empezó a vomitar sobre el pasto sin poder evitar que el vómito le cayera en la parte baja de su delantal y sus zapatos blancos. De inmediato uno de los perros se acercó y empezó a lamer el vómito de Pierre, lo que lo hizo vomitar aún más.

—*¡Putain de chien! ¡Fous le camp d'ici!* —gritó al tiempo que intentaba limpiar su mandil y le tiraba una patada al animal, quien enseñándole los dientes se le echó encima con un gruñido amenazante. La cara de Pierre enrojeció, con un salto ágil se puso detrás de dos de las sirvientas temblando como una gelatina y gritando con chillidos agudos y desesperados: — *¡Au secours! ¡Au secours!* ¡Ayúdenme indios desgraciados!

Mientras el Canelo ladraba sin parar y el gato se escondía tras los presentes con los pelos erizados, la Martina siguió a Pierre y le pegó una mordida en el pie. Para su fortuna solo le alcanzó el pantalón, que quedó firmemente atrapado entre sus dientes. El perro movía de un lado a otro la cabeza jalando el pantalón del cocinero, lo que lo hizo caer al suelo sobre su propio vómito mientras seguía pegando gritos tan agudos que lastimaban los oídos de los presentes.

– *¡Au secours! ¡Au secours!* ¡Ayúdenme indios desgraciados! ¡Ayúdenme! ¡Quítenme a esta bestia de encima! ¡Me va a arrancar el pie!

Todos rieron divertidos olvidándose por un momento del cadáver de Juan.

"¡Pinche Pierre, que ridículo!", gritó el espíritu de Juan doblándose de la risa, "¡Nunca imaginé lo divertido que sería ver a un chef histérico!". Terminó riendo a carcajada abierta y con las manos alrededor de su ahora esbelta barriga, que empezaba a dolerle de tanto reír.

—¡Muchachos, quítenle ese perro de encima y llévense al señor Pierre a la casa para que se cambie que está hecho un asco! —ordenó Joaquín a los guardias sin poder contener la risa.

Hugo agarró a la Martina por el collarín y la hizo moverse hasta una llave del agua donde le puso el hocico bajo el chorro para enjuagarlo.

—¡Qué perra tan cochina! ¡Mira que tragarte las porquerías del *mister!*

Pierre se puso de pie con la cara descompuesta, los ojos llenos de lágrimas y el pelo rubio sucio y alborotado, sintiéndose ridículo y humillado.

—¡Me las pagarán, indios pata rajada! —les gritó histérico encaminándose hacia la cocina con paso tambaleante acompañado de Hugo.

Cuando volvieron de nuevo su atención al cadáver de Juan, el Canelo estaba lamiéndole la cara.

—¡Ah, qué perro más cochino, le encanta la porquería! —gritó María. —¡Fuera de aquí Canelo! —le dijo al animal, que de inmediato se dio media vuelta y con la cola entre las patas fue a sentarse en una esquina del jardín seguida por el otro perro, que junto con el gato Carbón parecían ir habituándose a la presencia del espíritu de Juan, pues estaban solo apenas inquietos.

—¡Me pregunto cuántos litros de champaña fueron suficientes para acabar con este desgraciado! —dijo María.

—Seguro un barril, y se ha de haber comido un cerdo completo, con ese barrigón que tenía —contestó burlón Sebastián.

Juan, que los escuchaba lleno de rabia, le soltó un puñetazo lo más fuerte que pudo y sintió que el corazón se le escapaba por la boca al ver una vez más cómo su puño atravesaba su cara sin causarle ningún daño.

—¡Y esos calcetines! —dijo una de las criadas.

—Parecen calcetines de señorita —agregó otra con una sonrisa maliciosa y concluyó: —De señorita gorda y de dudosa reputación.

Todos reían divertidos.

"¡Ríanse, bola de hijos de la chingada! ¡Perros muertos de hambre! ¡Eso serían si yo no les hubiera dado un trabajo!", gritaba mientras tanto Juan tirando patadas y puñetazos a los presentes, sin que ninguno de ellos se inmutara.

—¡Dios lo tenga en su gloria! —dijo suspirando otra de las sirvientas.

—¡No la amueles! —dijo Sebastián —A mí nunca me hizo nada malo, pero por las historias de él que se cuentan en el municipio y los alrededores, Don Juan tenía una cola larga que pisarle y más bien debió haberse ido derechito al infierno.

—¡Eso sí que sería completamente injusto! —agregó María —Ojalá primero pase por una sala de torturas para que le hagan lo mismo que él mandaba para hacer a un lado a los que le estorbaban. En el infierno debe haber tantos maleantes mañosos como Don Juan que seguro se las arreglan para pasársela lo mejor posible.

—¡Eso mero! —dijo otra de las sirvientas, y continuó —Que le metan a su espíritu agua mineral por la nariz, como le hicieron a los maestros que agarró la policía cuando protestaron porque les empezaron a cobrar por estacionarse fuera de las escuelas donde enseñaban. Uno de los policías dijo que eso fue orden directa de don Juan.

—¡Si! —dijo otra entusiasmada —¡Y que le den toques eléctricos en los tenates, al desgraciado!

Todos reían divertidos. Juan, en medio de ellos, sintiéndose completamente exhausto y frustrado, los escuchaba lleno de rabia sintiendo un martilleo en las sienes que empezaba a provocarle dolor de cabeza.

—¡Basta, basta! —dijo Joaquín aparentando gran solemnidad —que están hablando de un muerto y hay que mostrar más respeto.

El espíritu de Juan, lleno de indignación, volteó a ver a Joaquín, corrió hacia él e intentó ponerle las manos alrededor del cuello deseando apretarlas con todas las fuerzas de su ser para segarle la vida. Pasando a través del cuello de Joaquín, las manos de Juan quedaron entrelazadas en el aire. El espíritu de Juan cayó de rodillas y dio de puñetazos en el suelo tan fuerte como pudo al tiempo que gritaba: "¡Lucifer hijo de puta, si mi alma te pertenece, dame la dicha de llevarme conmigo a este desgraciado!"

Ajenos al berrinche que el espíritu de Juan estaba pegando, los comentarios de los presentes seguían.

—Uyyy, ¡ni que el patrón haya sido tan respetuoso que digamos! La verdad es que era un verdadero hijo de su pelona y bien merecido tiene que se asfixiara con su exceso —dijo una de las sirvientas.

—¡Guácala, mejor vámonos! —dijo otra llena de asco —pues ha de tener la cabeza llena de vómito. Qué tal si los ojos se le salen en cualquier momento y ¡santa bañada que nos vamos a llevar! ¡Nos vamos a poner igual de cochinos que el señor Pierre!

—¡Sí, sí, vámonos! —terció otra nerviosa —Porque al menos él se embadurnó con su propio vómito, no con el de Don Juan que debe estar llenándose de gusanos. ¡Vámonos!

—¡Ya estuvo bueno! —intervino otra vez Joaquín, y luego ordenó a Hugo que había regresado —¡A ver tú! Quédate aquí y no dejes que nadie más entre para ver el cadáver hasta que llegue la policía. Los demás regresen a sus tareas. María, sigan preparando el almuerzo que de todos modos la gente tendrá que comer. Yo voy ahora mismo a avisarle a la señora Lucía lo que ha pasado para que decida qué es lo que se hace.

Todos salieron del pequeño jardín pasando frente a Joaquín, mientras seguían haciendo comentarios acerca de cómo debería pagar Juan el mal que sabían había hecho en su vida. Joaquín salió detrás de ellos, seguido por el espíritu de Juan con la cara descompuesta y aún sintiéndose furioso. El secretario sacó una vez más una toallita higiénica de su bolsillo, se limpió cuidadosamente las manos y se dirigió hacia la sala de fiestas, y pasó de largo por el comedor. Ambos estaban vacíos. Entró a la estancia y se dirigió hacia las escaleras.

Mientras ambos subían, el espíritu de Juan comenzó a recordar cómo había conocido a su esposa, cuando ella era secretaria recepcionista en el bufete de abogados donde él había tenido su primer trabajo como pasante de leyes. Tenía la misma edad que él. Era alta, de cuerpo curvilíneo y piel color bronce. Ojos negros, unas pestañas enormes y un cabello negro azabache largo y lacio que le caía por la espalda hasta la cintura. Su sonrisa era sensacional y aperlada, y toda ella transpiraba una sensualidad que embobaba a cada hombre que entraba a la recepción del bufete. Lucía tenía un aprecio especial por el dinero y todos los lujos que este pudiera comprar. Amaba las telenovelas y las revistas de modas, especialmente las que mostraban la vida de las reinas y princesas europeas, ya que le permitían soñar con todas las cosas que estaba convencida tendría algún día. Se sabía bonita y estaba segura de que podría intercambiar su belleza por el tipo de vida acomodada con el que soñaba. Esa fue la razón por la que al terminar su curso de secretaria privada, había hecho todo lo posible para conseguir ese trabajo, porque ahí iba gente con dinero.

A Juan le encantaba su coquetería franca y abierta y la forma simple con que veía la vida. Todos los días ella era la primera persona que Juan veía al llegar a su trabajo. Había cogido la costumbre de guiñarle el ojo y suspirar al saludarla. Ella invariablemente le saludaba diciéndole en tono de broma, con un pestañeo y una sonrisa enorme que Juan adoraba:

—Buenos días licenciado. ¡Ay, usted tan guapo como siempre! —y dando un suspiro continuaba: —Pero también es pobre y me da miedo enamorarme de usted. ¿Cuándo va a terminar sus exámenes para que saque su título y podamos casarnos?

—Por usted, muñeca, hasta en rector de la universidad me convertiría —le contestaba Juan riendo, y continuaba —Ya en serio Lucía, ¿cuándo me va a dar el sí? ¿No ve que me trae arrastrando la cobija?

—En cuanto se titule y se haga millonario, se lo prometo —le respondía ella en tono de broma pero con determinación.

—¡Ah, qué Lucía esta, siempre pensando en la plata! —le decía Juan suspirando.

—No piense que soy una interesada, pero para mí la pobreza y la felicidad no caben juntas en una casa. Y yo quiero una casa con felicidad —decía ella.

"Y dinero", pensaba él desalentado.

Juan realmente se sentía atraído por ella, le encantaba su jugueteo y su desparpajo. "Al menos es sincera y sabe lo que quiere", pensaba, y sentía rabia contra sí mismo por haber perdido la oportunidad de terminar sus estudios a tiempo. Muchos de los estudiantes cuyos derechos Juan había defendido estaban ya en una situación de trabajo mucho mejor que la suya, y aunque Juan les había pedido ayuda siempre le habían ofrecido lo mismo, un empleo como pasante con un sueldo miserable. Juan sabía que podía hacer dinero con solo pretender que era titulado y llevar uno o dos casos por fuera del bufete. De hecho, en donde vivía varias personas se habían acercado a pedirle ayuda, pero no se animaba a simular ser lo que no era y engañar a la gente. Además, sabía que si lo hiciera siempre tendría la necesidad de comprar la firma de un abogado titulado por una buena cantidad de dinero.

Finalmente, un día la insistencia de Juan dio sus frutos. Lucía no solo aceptó ir al cine con él, sino que aprovechando que la amiga con la que compartía su departamento había ido fuera de la ciudad a visitar a su familia, lo invitó a tomar un café en su casa después de que terminó la función. Apenas entraron, ninguno de los dos pudo contenerse y se entregaron al juego libre de disfrutar sus cuerpos. Él con la torpeza natural de una virginidad no declarada, ella con la destreza de una veterana de mil guerras en ese campo de batalla.

Fue ella quien lo guio, quien impuso las notas musicales, el ritmo y tiempo de los acordes de aquella sinfonía. Juan se dejó guiar sin chistar, unido a ese cuerpo cálido, experto, que lo llevó por un camino de sensaciones desconocidas y crecientes. Juan adoró la forma en que Lucía, solo unos momentos antes de que ambos llegaran al punto álgido de su carrera ascendente, le cedió el control y pareció rendirse a su voluntad, de modo que cuando ambos sintieron tocar el cielo fue como si Juan le hubiera abierto caballerosamente a Lucía la puerta para que ambos disfrutaran por unos segundos, que fueron eternos para ambos, aquel despliegue pirotécnico de placer celestial.

A partir de ese día Juan no tuvo paz. A toda hora pensaba en Lucía y por más que le rogó que se casaran ella no cedía.

—Te quiero mucho Juan, pero he tenido suficiente pobreza en mi vida. Mi madre tuvo que sacar adelante a tres hijos porque mi padre prefirió suicidarse que buscar alternativas a la pobreza que invadió su hogar desde el primer momento que lo formaron. —explicó —Ella a duras penas pudo pagar una academia para que yo me hiciera secretaria. Mis hermanos heredaron la apatía de mi padre, su nula capacidad de lucha, su aparente resignación para vivir casi sin nada. Yo no Juan, yo quiero una vida diferente y solamente uniré mi vida con quien sea capaz de dármela.

En ese momento, la voz de Joaquín interrumpió abruptamente los recuerdos de Juan.

—¡Lucía, Lucía! ¡Despierta, ha pasado algo terrible! ¡Abre la puerta! —insistió varias veces el secretario.

Detrás suyo, el espíritu de Juan se llenó de preocupación pensando en el dolor que su muerte causaría a su esposa.

Lucía abrió la puerta de golpe y preguntó angustiada:

—¿Qué pasa? ¿Se trata de Carlos? ¿Se encuentra bien?

—No mujer, —le dijo Joaquín —vamos adentro. Carlos está bien, se trata de Juan. Está muerto, se murió durante la noche, asfixiado…

—¡Santo Dios! ¡Qué susto me pegaste! Temí que algo le hubiera pasado a Carlos —dijo Lucía exhalando y llevándose la mano derecha al pecho.

"¿Carlos? ¿Quién es Carlos? ¿Qué carajos está pasando aquí?", se preguntó intrigado el espíritu de Juan, que estaba parado en medio de ellos sin entender nada.

—¡Así que Juan está muerto! —continuó Lucía sin poder disimular una sonrisa. —Ya empiezo a creer que todo lo que se desea y se pide con devoción llega tarde o temprano.

—Ay Lucía —dijo Joaquín —tú y tus boberas. Juan se murió porque le tocaba y ya. He llamado al doctor Rubio, y la policía llegará en cualquier momento. Conviene que bajes a mostrar tu dolor de viuda recién estrenada —terminó, guiñándole un ojo a la mujer.

El espíritu de Juan intentó soltarle una bofetada a su secretario, quien siguió manteniendo su sonrisa haciendo sentir a Juan completamente frustrado.

"¡Hijo de puta! ¡Eres un cínico desgraciado! ¿Y qué sabes tú del Carlos ese? ¡Y tú!", gritó volteando a ver a Lucía, "¿Qué clase de esposa eres? Eres la madre de mis hijos ¡Mi compañera de vida!".

Lucia suspiró.

—Está bien —dijo mientras se ponía la bata y se acomodaba el cabello frente al espejo —Habrá que ir a simular para que todos sepan lo mucho que amaba a Juan.

En cuanto Joaquín abrió la puerta de la habitación Lucía salió corriendo hacia las escaleras seguida por él y por el espíritu de Juan. Se quedó parada al borde gritando desesperada y empezó a gritar con todas sus ganas:

—¡Juan, Juan, amado mío! ¿Qué te ha pasado? —al tiempo que bajaba corriendo.

María y las criadas la escucharon desde la cocina y salieron apresuradas dispuestas a divertirse y seguir el juego. Todos sabían de sobra que Carlos era el amante de Lucía, ya que ellos no se preocupaban mucho por esconderlo cuando Juan y Beatriz no estaban en la casa. Vieron a Lucía hecha un mar de lágrimas, temblorosa. Cuando se acercaron, ella simuló perder el sentido y cayó al suelo sin que ni siquiera Joaquín, que estaba detrás suyo, pudiera evitar que se golpeara.

—Ayúdenme a poner a la señora en el sillón —ordenó Joaquín —La pobre, la noticia le cayó como un golpe.

—¡A ver muchachas, hay que ayudar a don Joaquín, yo voy a traer un poco de agua! - indicó María haciendo todo lo posible por no reír abiertamente y corrió hacia la cocina.

"¡Desgraciado Joaquín, no me agarró a tiempo!, ¡Ay, ay, ay! ¡Que fregadazo me he dado!", creyó Juan escuchar decir a Lucía, aunque ella parecía estar inconsciente. Como fuese, no pudo evitar llenarse de gusto con la idea de que pudiera haberse lastimado.

"¡Ojalá te hubieras partido la cabeza, eres una teatrera desgraciada, espero que tú y María y el cabrón de Joaquín me alcancen en el infierno lo más pronto posible! ¡Ahí les daré su merecido a los tres, bola de traidores!", le gritó al tiempo que intentaba patearla con todas sus ganas sin resultado alguno.

Como pudieron, acomodaron a Lucía en el sillón. Joaquín intentó despertarla dándole palmaditas en la mejilla. Ella fingió irse despertando poco a poco y la cocinera que había regresado le puso el vaso en los labios.

—Beba un poco patrona y cálmese. Es una tragedia, pero tiene que sobreponerse a la muerte de don Juan —le dijo mientras Lucía con los ojos llenos de lágrimas tomaba pequeños sorbos.

Luego se puso de pie con gran dificultad y llorosa le dijo a Joaquín:

—Por favor, llévame a donde está Juan, quiero estar con él.

—¿Estás segura? —le contestó Joaquín en voz baja —Lo que verás es muy impresionante, no hay duda de que debió haber sufrido antes de morir.

—Quiero verlo, estar con él, por favor —contestó ella gimoteando.

—Está bien, ven conmigo —dijo él pasándole el hombro sobre la espalda, y ordenó a las demás regresar a sus tareas —En cuanto llegue alguien déjenmelo saber antes de enviar a nadie al jardín trasero —Y mirando a María a los ojos agregó: —¿Me han entendido?

—Sí patrón —dijo María encaminándose hacia la cocina seguida de su pequeño ejército de criadas.

Joaquín y Lucía atravesaron el comedor, caminaron a lo largo del enorme salón de fiestas y salieron al jardín seguidos por el espíritu de Juan. Cuando pasaron frente a Carlos, el jardinero, quien se había quitado el sombrero en señal de respeto. Joaquín le dijo:

—¡Carlos, estate ahí y asegúrate que nadie entre al jardín trasero sin mi permiso!

"¡Así que éste indio es Carlos!", gritó el espíritu de Juan que los seguía de cerca. "¡Éste es el mismo hijo de puta que vi bajando las escaleras!". Intentó agarrarlo por el cuello de la camisa mientras le gritaba lleno de indignación "¡Indio pata rajada! ¡Vas a pagar esta afrenta con tu vida y la de tu cochina familia! ¡Cerdo desgraciado, mira que comerte a mi esposa mientras mi cuerpo se estaba enfriando!", le gritó escupiéndole la cara y soltándole una tanda de bofetones.

Carlos no se inmutó, y al toparse su mirada con la de Lucía enseñó discretamente su dentadura blanca, se puso en jarras y le guiñó el ojo. Lucía le respondió con una ligera sonrisa. Ella y Joaquín siguieron caminando, mientras el espíritu de Juan se quedaba de una pieza, sin poder creer tanto cinismo.

Después corrió tras Joaquín y Lucía, a quienes alcanzó cuando ya estaban dentro de la habitación en la que había sucedido la tragedia. Vio cómo Lucía se iba aproximando al cuerpo gritando y gimiendo de dolor, cuando de repente se frenó con un gesto de repugnancia en la cara y dijo a Joaquín:

—¡No la jodas Joaquín, huele horrible ¡Qué asco!

—Te advertí que era impresionante, Juan se asfixió con su propio vómito.

—¡Eso no me lo dijiste! —le dijo ella asqueada—Ni sueñes que yo me atreva a tocarlo.

—¡Vamos mujer! Nadie te ha pedido que lo hagas, pero al menos pega unos cuantos gritos más para que los demás crean que te duele aunque sea un poco.

—Joaquín —le contestó Lucia con los brazos en jarras —en esta cochina casa todos saben que me acuesto con Carlos prácticamente desde que empezó a trabajar aquí hace tres años, si no lo dicen abiertamente es porque les conviene más conservar su trabajo. Y además saben también con cuánta puta Juan me engañó por mucho tiempo. Lo único que lo obligó a ser fiel en los últimos años fue esa gordura que se echó encima del cuerpo por no saber controlarse y comer como cerdo.

Juan se sintió sumamente dolido por las palabras de su mujer. "Tres años de que Lucía tenía un amante permanente y ¡en nómina! Y no solo eso", continuó, "sino que siempre supo que le fui infiel". Se sentó en la cama de esa habitación, la misma donde había muerto unas horas antes, mientras Lucía seguía hablando con Joaquín.

—En verdad amé a Juan por mucho tiempo —dijo, tratando de encadenar sus recuerdos —Hasta que por sus puterías me empecé a llenar de miedo de que me pegara esa enfermedad que ha matado a tantos en estos últimos años, especialmente cuando se iba con Roberto a arreglar asuntos a Gringolandia porque, según se decía, fueron precisamente los hombres de negocios que iban allá con frecuencia los que empezaron a infectar a sus esposas en este país. Desde entonces Juan y su valemadrismo me empezaron a destrozar el amor que le tenía. Empecé a sentirme llena de asco al ver esa barriga horrorosa que se le hizo y lo mofletudo que se puso. Hasta los pies empezaron a apestarle porque le era imposible lavárselos como es debido —terminó con un suspiro.

Hugo les interrumpió desde la entrada del pequeño jardín.

—¡Patrón Joaquín! Acaba de llegar el doctor Rubio y una patrulla, ¿qué les digo?

—Déjalos pasar de inmediato —contestó el secretario.

Después volteó a ver a Lucia y se dirigió a ella.

—Si no quieres ver todo lo que va a pasar hazte la desmayada otra vez, de seguro el doctor Rubio ordenará que vayas a descansar a tu habitación. ¿Te parece?

—Buena idea —dijo Lucía guiñando un ojo, y se dejó caer juguetona en la cama atravesando al espíritu de Juan que se encontraba allí sentado.

Minutos después llegó al jardín de los invitados el doctor Rubio con dos policías. El doctor se inclinó y tomó la mano violácea y gélida de Juan.

—¡El pobre! —dijo con cierta tristeza —Debe haber muerto hace horas, la mano se siente rígida —y continuó intentando cerrarle los ojos —No se le pueden cerrar completamente pero algo es algo.

—Doctor, es mejor que no toque nada más, el representante del ministerio público llegará en unos minutos para dar fe y sacar algunas fotografías. Después de eso puede usted hacer lo que quiera —dijo uno de los policías.

—Lo siento —contestó el doctor. —Sé que no se debe tocar nada, pero sentí que era importante cerrarle los ojos, porque muestran la desesperación y sufrimiento que debió tener en sus últimos momentos de vida.

—Lo entiendo —contestó el policía —pero hay que esperar. Nosotros tenemos que tomar testimonio de quienes lo vieron vivo por última vez y de quien descubrió el cadáver —y continuó dirigiéndose a su compañero —Por favor, encárgate de esas pesquisas. No parece que haya mucho que investigar, seguro el pobre se paró a tomar aire fresco, se cayó y terminó asfixiándose con su propio vómito, pero de todos modos necesitamos tomar esos datos.

Joaquín, que lo observaba todo desde el ventanal que estaba abierto de par en par, señaló:

—Doctor, es mejor si ayuda a la señora Lucía que se desmayó de la impresión —señalando la cama donde ella se encontraba.

—Sin duda —respondió el doctor Rubio y entrando a la habitación sacó una botellita de sales de su maletín se sentó al lado de Lucía y se la pasó por la nariz mientras Juan los observaba sentado a los pies de la cama

Lucía abrió los ojos casi inmediatamente, vio al doctor y a Joaquín y después dirigió la mirada hacia donde estaba el cadáver de Juan.

—¡Juan! ¡Dios mío! ¡Por qué me castigas así! ¡Llevándote al hombre que más amo en esta vida! ¡Dejándome sin él para el resto de mis días! —gritó gimoteando y mesándose desordenadamente el cabello —¡Qué voy a hacer sin ti! ¡Qué va a ser de mi vida sin tenerte a mi lado!

Furioso por su hipocresía, Juan se lanzó sobre ella y le puso las manos en el cuello con la inútil intención de estrangularla, gritando "¿Qué vas a hacer? ¡Gran hija de puta, vas a pasártela cogiendo a tus anchas con ese indio pata rajada que merece ser embutido con el pasto que corta! ¡Eso es! ¡Así es como deberán matarlo, metiéndole en el hocico todo el pasto que puedan! ¡Ya verás, perra, le vamos a hacer un barrigón tan grande como el mío, aunque tengan que abrirlo vivo! ¡Cuando lo veas relleno de pasto te vas a arrepentir de todo lo que has hecho!"

—Calma Lucía —siguió diciendo el doctor Rubio sin que nadie de los presentes pudiera percibir los gritos del enardecido espíritu de Juan. —Yo creo que es mejor que te vayas a tu recámara y descanses un poco. Por favor llévesela y que le preparen un té de tila para que se relaje — terminó dirigiéndose a Joaquín, quien solícito la tomó del brazo y la encaminó hacia la puerta.

—Como usted diga doctor Rubio. Regreso en unos minutos —le contestó al tiempo que salía de la habitación llevando del brazo a Lucía que caminó lenta y dolorosamente hasta que él la dejó en la puerta de su habitación, hasta donde Juan los había seguido.

—Ojalá que el oficial del ministerio público haga rápidamente sus pesquisas, y se lleven el cuerpo antes de las doce, que es cuando llegará el Obispo y su comitiva. Espero que me disculpes pero decidí no cancelarles el almuerzo, porque de todos modos vamos a almorzar y bueno, de alguna forma tendrán que enterarse —explicó Joaquín antes de dejar a Lucía en su habitación.

—No te preocupes, lo último que quiero es tener que poner mi cabeza en detalles y mientras más pronto se lleven el cadáver y lo enterremos, mucho mejor. Tú hazte cargo de todo, mientras yo voy a tomar un baño y a sacar al menos tres mudas de ropa negra, ya que tendré que vestir de riguroso luto para mostrar esta pena tan enorme que me embarga — dijo ella haciendo un mutis.

—¿Tres mudas? —exclamó Joaquín alzando los ojos hacia arriba —¡Mujeres! —y dándose la media vuelta se encaminó hacia las escaleras.

Lucía cerró la puerta de su habitación, abrió su enorme closet y empezó a sacar la ropa y zapatos negros que tenía y a ponerlos en la cama donde Juan se había sentado. Sintiéndose decepcionado con su actitud, él la miró probarse los vestidos recordando el momento en que consideró buscar a Bejarano para conseguir un trabajo mejor y poder casarse con ella.

—Quiero siempre tenerte así en mis brazos —le había dicho aquella vez a Lucía, lleno de amor.

—Me gustas mucho Juan, pero por el momento no me veo compartiendo mi futuro contigo. Eres un pobre empleado y lo serás para el resto de tu vida y eso no es lo que deseo, yo quiero vivir bien, tener dinero para comprarme lo que se me antoje y tener una casa bonita. Con tu trabajo jamás podría tener eso contigo —concluyó suspirando.

—Quizá… si intentara hablar con Bejarano podría cambiar mi situación económica —reflexionó Juan en voz alta.

—¿Bejarano? ¿De qué hablas? ¿Quién es ese? —preguntó Lucía sentándose en la cama.

—Era el rector de la universidad donde estudié, y ahora es el Secretario de Comunicaciones del estado de Cacomixtlán, y…

—¿Julián Bejarano? ¿El secretario nacional del PUP?

—Sí, lo conozco, era el rector de la universidad hace unos años. Un día en una conversación que tuvimos él me dijo que sin duda yo tenía una gran capacidad para hablar y organizar a la gente, que esas eran grandes cualidades en la política y que yo sería un excelente miembro de su partido, al cual me invitó a unirme pero yo…

—¿Pero qué Juan? ¿Por qué no aceptaste? ¡Era una oportunidad única! —le dijo mirándolo a los ojos con asombro.

—No lo sé, siempre he visto la política como algo sucio que solo sirve a los ricos y eso va en contra de mis ideales…

—¿Cuáles ideales Juan? ¿Ser un pasante de abogado para toda tu vida? ¿No tener suficiente dinero para pagar tu propio techo? ¿De qué hablas Juan? Sin duda yo no podría ser tu compañera de vida. Yo te quiero, papito, tú lo sabes. Pero también sabes que yo no quiero ser pobre toda mi vida. Ya lo fui de pequeña y no pienso serlo ahora o en mi vejez. Ya tuve suficiente pobreza en mi infancia y mi adolescencia, siempre comiendo frijoles y tortillas, envidiando la ropa y los juguetes de los niños ricos. Yo quiero vivir bien, tener una familia y no pienso heredarle esa pobreza a mis hijos —dijo Lucía cruzando los brazos.

—No lo sé. —dijo Juan titubeando —La política es un mundo sin moral y sin valores. Quizá una oportunidad para vivir mejor, pero casi siempre a expensas de los demás y eso no me gusta para nada.

—Pero tú no eres como los demás Juan —le dijo ella con vehemencia —Tú tienes cualidades especiales. ¿Cómo es posible que sean otros, y no tú mismo, los que aprecien tus cualidades? Si Bejarano te dice que puedes hablar y convencer a la gente es porque lo ha visto. No creo que sea ningún tonto. Él ve tu potencial y yo creo que tiene razón.

—Lo que me preocupa —dijo Juan sentándose al lado de Lucía, es cómo voy a estar usando ese potencial. En la política dudo mucho que sea para ayudar a la gente, al contrario...

—¿Cómo puedes saberlo si nunca has estado ahí? —preguntó Lucía levantándose de la cama y empezando a vestirse. Ya dentro del partido podrías tener oportunidad de ayudar a la gente si así lo desearas pero sin sacrificar tu futuro.

—Quizá todavía sea posible hablar con Bejarano —dijo Juan titubeando —Te amo Lucía, y quiero estar a tu lado para siempre.

—Me voy Juan —dijo Lucía mientras se vestía de prisa, y tomando su bolsa se dirigió hacia la puerta. Eres tú quien debe consultarlo con la almohada. Ya me dirás qué piensas hacer. Ahora tengo que irme pues quedé de ver a mi madre. Hasta el lunes.

—Hasta el lunes —contestó Juan poniéndose de pie y dándole un beso. —Te prometo que voy a pensarlo.

—Allá tú, Juanito —había respondido ella cerrando la puerta de la habitación de aquel hotelucho, que era lo mejor que Juan podía ofrecerle algunas veces.

Esa noche, ya en su casa antes de irse a dormir, mientras se lavaba los dientes mirándose al espejo Juan había pensado "No me gustaría perder a Lucía y si tengo la oportunidad de hacer dinero, no creo que tenga que dejar totalmente a un lado mis ideales, quizá con lo que gane podré ayudar a otros. Seguro que podré trabajar con Bejarano y aún hacer algo para ayudar a los pobres. En cuanto me sea posible hablaré con él y si aún está en lo dicho aceptaré el trabajo".

En ese momento, sus pensamientos se vieron interrumpidos por las voces de gente en el jardín. "El ministerio público" pensó, y decidió bajar a ver lo que sucedía dejando a Lucía quien se ponía y quitaba ropa negra frente al espejo.

CAPÍTULO 5

Casi al mediodía, cuando ya habían dado fe de la muerte, anotado todos los detalles de la condición en que habían encontrado el cuerpo y hecho las pesquisas correspondientes, llegó una ambulancia y los dos camilleros empezaron a preparar todo para levantar el cadáver y llevarlo a la morgue.

—Nos vamos a romper el espinazo con este cerdo —le dijo uno al otro discretamente.

—Ni modo, pa' eso nos pagan. El municipio debería tener una grúa para estos casos —contestó el otro cerrando el ojo. Y continuó —Como siempre, dirían que no hay dinero para eso. El dinero de seguro está en alguna cuenta bancaria que alguien como este tendrá en Suiza. Y …

Empezando a sentirse cansado con todo lo que ya había visto y escuchado hasta ese momento, el espíritu de Juan se encaminó en forma mecánica hacia la entrada principal de su mansión. Desde ahí vio entrar al estacionamiento al señor Obispo Talegoberto Ricavera y su comitiva, quienes alarmados al ver la patrulla y la ambulancia, bajaron los vidrios polarizados de su camioneta pick up negra que en esa ocasión era conducida por el propio Obispo quien pidió a los párrocos que esperaran y salió del vehículo mientras Hugo se acercaba hasta él para explicarle lo sucedido y las condiciones en que se encontraba el cadáver. Juan se paró frente a ellos.

"¡Bueno!", pensó Juan, "Al menos un poco de compasión para subirme la moral. Seguro que la presencia de Talegoberto impondrá un poco de respeto por mi muerte. Este obispito me debe muchos favores. No creo que olvide cómo intervine para convencer a Bejarano de levantar la restricción de reserva ecológica en la playa Palmeritas, para que el Obispo y su primo hicieran el hotel y el campo de golf. Y lo bueno que ha resultado el que yo haya invertido en su idea; hasta Bejarano sigue sacando beneficio".

Cuando Hugo terminó de dar cuentas al Obispo este le dio las gracias, pidió a los párrocos que subieran los vidrios y volvió a meterse a la camioneta mientras Juan metía la cabeza en ella a través del vidrio trasero.

—¡A qué tonto de capirote se le ocurre morirse antes del almuerzo! —murmuró el Obispo lleno de furia.

Los párrocos lo miraron asombrados.

—¡Perdón hermanos míos! Pero la verdad es que tengo un hambre enorme. Desayuné solo un jugo con la esperanza de saborear la comida de María, ya saben cómo cocina de bien.

—Oh no, ¡cómo pudo pasar algo así! —intervino el padre Ricardo.

—¡Dios lo tenga en su Santa Gloria! —dijeron los párrocos Manuelito, Miguelito y Martín persignándose.

—¡Ah qué Don Juan! Morirse en día de fiesta, ahora se va a perder la comilona —dijo el padre Manuelito haciendo un esfuerzo para no reírse. —Seguro que Nuestro Señor le tiene preparados muchos manjares para recibirlo —terminó con una mezcla de sarcasmo e inocencia.

Todos callaron por un momento. Pero aunque de la boca del Obispo no había salido palabra alguna, Juan lo escuchó decir claramente:

"¡Este barrigón, justo el día del almuerzo con el que sueño durante todo el año! ¡No voy a perderme ese mole por nada del mundo! ¡Con la resaca que me cargo! ¡Y según Hugo está lleno de vómito! ¡Qué asco! Ni para acercarme siquiera. ¡Dios mío, que prueba más dura me pones!"

"¡Cómo se le ocurrió a este tipejo morirse antes de concesionarme el terreno para la gasolinería de mi hermano! Solo a él se le

ocurre morirse por comer y beber a lo bestia ¡Qué voy a hacer ahora!", escuchó también Juan decir al padre Ricardo, quien sin embargo permanecía en silencio apretando los puños.

"¡Hijos de puta, interesados!", gritó Juan desde la parte trasera del carro. "¡Y la comilona se la perderán todos! ¡Nadie probará ese molito, primero se lo echo a los perros que dejarlos llevarse un bocado de mi mole a la boca!"

—Además —continuó el Obispo sacando un pequeño maletín de debajo de su asiento —Hugo dijo que se asfixió en su vómito y que el cadáver está bastante sucio y con una expresión en la cara que según él más vale no verla. Y yo preferiría no hacerlo porque seguro no podría dormir esta noche.

—¡Poco que hacer ya que está muerto! Pero al menos deberíamos rezar ante el cadáver para encomendar su alma al Señor y unas jaculatorias para la absolución de su alma —dijo el padre Manuelito al tiempo que el padre Miguelito y el padre Martín afirmaban con la cabeza.

—Escuchen, haremos lo siguiente —dijo el Obispo sintiendo que por lo alto de su investidura no le quedaba otro remedio que organizar las cosas—Lo primero es que tapen el cadáver por completo para que podamos ir a donde se encuentra. ¡Dios me perdone, pero yo prefiero no verlo! —dijo levantando las palmas de las manos. —diez minutos de jaculatorias y una versión corta del rosario para la absolución de su alma, y bendecimos el cuerpo —suspiró poniendo cara de resignación. Y pensó *"¡Madre mía! ¡Con el hambre que tengo!".*

"¡Ah! ¡Solo tu hambre te importa, desgraciado hipócrita!", le gritó Juan.

El Obispo se quedó callado por unos segundos.

—A ver —dijo luego dirigiéndose a Martín, Manuelito y Miguelito —Queridos hermanos, ¿podrían ir los tres al jardín de atrás a cubrir el cadáver con una sábana? Asegúrense de cubrirlo bien y avísenme cuando esté listo.

Los tres salieron de la camioneta y seguidos por el espíritu de Juan echaron a andar de prisa hasta el jardín donde estaba el cadáver.

Ahí se encontraban los camilleros intentando moverlo para ponerlo en la camilla.

—Esperen muchachos —les dijo el padre Miguelito —el señor Obispo le va a dar bendición antes de que se lo lleven.

—¡Gracias a Dios! ¡La ayuda del cielo! —exclamó con un gesto de alivio uno de los camilleros mientras el padre Manuelito entraba a la habitación para sacar una sábana.

Con gran esfuerzo entre los cinco pusieron en la camilla el cuerpo de Juan, lo envolvieron en la sábana lo mejor que pudieron con una mesita de noche improvisaron un pequeño altar a un poco más de un metro de distancia.

—¡Vaya que estaba gordo don Juan! Pesa una tonelada —dijo el padre Miguelito mientras se limpiaba el sudor de la cara. —¡Perdón dios mío, no es con afán de ofender pero es innegable —agregó entrelazando sus manos y llevándoselas al pecho.

—Por favor padrecitos, cuando terminen no se les olvide ayudarnos a meterlo en la ambulancia, porque ya vieron que nosotros dos solos no podremos hacerlo —le dijo suplicante uno de los camilleros al padre Martín, mientras todos se dirigían hacia la llave del agua.

—No te preocupes hijo mío, lo haremos —respondió el padre mientras se turnaban para lavarse las manos.

Al regresar el padre Manuelito seguido por Juan hasta donde se encontraba estacionada la camioneta parroquial, Joaquín estaba conversando con el padre Ricardo y el Obispo, quien parecía haber recuperado el buen humor después de que el secretario le informase que el almuerzo se llevaría a cabo en cuanto se llevaran el cadáver.

—Todo está listo, señor Obispo —dijo el padre Manuelito — Podemos empezar cuando usted quiera.

—No creo que Lucía quiera bajar, estaba muy alterada. Adelántense, yo voy rápido a la cocina para pedirle a María que tenga todo listo para almorzar en cuanto se lleven el cuerpo —intervino Joaquín.

—Gracias querido hermano, y por favor no olvide recordarle a María que yo aparte de dobletear, siempre estoy feliz de llevarme un itacate de molito a casa —respondió el Obispo con una sonrisa dulce.

"¡¡¡No!!! ¡No habrá almuerzo para nadie!", gritó el espíritu de Juan echando a andar tras Joaquín, quien ya iba en camino hacia la cocina. "¡No voy a permitir que nadie celebre mi muerte a mis costillas! ¡Gorrones hijos de puta, ahora verán!"

Cuando Joaquín entró a la cocina, el ajetreo proseguía en medio de cuchicheos y risitas discretas. Solo Pierre se encontraba sentado con cara larga pensando en sus patos en espera de saber qué iba a pasar con la cena de cumpleaños donde había soñado mostrar sus habilidades culinarias.

—Por favor, tenga el almuerzo preparado, el Obispo y los párrocos van a bendecir el cuerpo de Juan antes de que se lo lleven a la morgue, y una vez que pase eso nos sentaremos a almorzar como estaba planeado. Pienso que estaremos listos en media hora o cuarenta y cinco minutos a más tardar. Yo voy a hacer unas llamadas telefónicas y a ver cómo sigue la señora Lucía —dijo Joaquín dirigiéndose a María.

—¿Cómo sigue? —le preguntó discretamente una de las criadas a otra.

—¡Feliz! Ahora sí va a desayunarse a Carlos todos los días y sin preocupación alguna —las dos rieron quedito.

El espíritu de Juan se llenó de indignación. "¡Criada hija de puta! ¡Cómo te atreves a hacer bromas a mis costillas!" le gritó tomándola del delantal y escupiéndole la cara. Pero todo fue en vano, las criadas seguían riendo divertidas.

—Está bien don Joaquín —respondió María. —A ver niñas si dejan de estar chacoteando y se ponen a trabajar. Ya oyeron a don Joaquín. Todo debe estar listo, y …

"¡No!", gritó Juan desesperado, y de un brinco se subió a la mesa donde se encontraban listos dos cestos de tortillas recién hechas, los churros, y dos enormes cazuelas, una con arroz hecho con caldo de guajolote y la otra de mole con piezas de carne del ave. Había también una olla con frijoles y otra con café.

"¡Van a comer mierda! ¡Bola de desgraciados! ¡Ninguno de esos traidores es digno de sentarse a mi mesa, y menos si no estoy presente!", dijo bajándose los pantalones. Y continuó riendo ruidosamente mientras defecaba en la cazuela del mole, sintiendo con placer que el excremento salía de su cuerpo. "¡Ahí les va su mole con guajolote méndigos!".

Cuando se agachó para asegurarse de que el excremento caía dentro de la cazuela, vio con enorme asombro que parecía desvanecerse en el aire, pues el mole seguía completamente intacto

"¡¡No!!", gritó lleno de ira y se levantó. Enardecido agarró su pene y empezó a orinar el resto de la comida que había en la mesa, carcajeándose. "Si no les puedo cagar el mole les voy a miar todo lo demás méndigos, ¡hártense con mis miados hijos de puta!".

Pero la sonrisa se le congeló en la boca al ver que, igual que como había pasado con el excremento, su orina parecía evaporarse en el aire dejando intacto todo ese festín con el que todos, él incluido, habían estado soñando durante la última semana.

Mientras el espíritu de Juan pegaba de brincos y gritos desesperados sobre la mesa y trataba en vano patear y tirar todo al suelo, Joaquín se acercó a Pierre quien hacía pucheros y era la viva imagen de un niño enojado.

—¿Qué pasa Pierre? ¿Por qué esa cara? Ya sabe que puede usted venir al almuerzo. Usted será el rey de la comida francesa pero sin duda también reconocerá que para comida mexicana María se pinta sola. Si quiere acompañarnos como lo hizo el año pasado está usted invitado —le dijo tocándole el hombro, y siguió en tono paternal — Solo recuerde que la champaña no es para acompañar el mole, porque si no todos volverán a reírse a sus costillas por el resto del mes.

El rubio cocinero suspiró y dijo:

—Prefiero comer después. Lo que me entristece es pensar que todo lo que estaba preparado para la cena de esta noche, con el señor gobernador como invitado, se irá directo a la basura —dijo señalando los refrigeradores donde se encontraban las aves y a los ingredientes que se hallaban sobre la mesa donde había estado escudriñando los patos por horas. Y concluyó con un gesto de tristeza —¡Me he esmerado tanto que…!

—¡Noooo! Ni se le ocurra pensar que tiraremos todo a la basura —contestó Joaquín —Ni el Obispo perdonaría tal pecado, ya veremos durante el almuerzo qué vamos a hacer para evitar desperdiciar toda esta comida —Y concluyó —Voy a la oficina a hacer las llamadas y nos vemos luego.

El espíritu de Juan saltó al piso y salió detrás de Joaquín, quien con paso rápido se encaminó hacia la oficina. Una vez allí marcó el número privado de Bejarano, mientras Juan pegaba su oreja al celular de su secretario para escuchar la conversación. Cuando por fin este le contestó adormilado desde la comodidad de su cama, le dijo enojado

—¡Qué horas de despertar a la gente carajo! ¿Quién habla?

—Buenos días señor gobernador, soy Joaquín Garrido, el secretario de Don Juan Gallardo.

—¡Ni tan buenos, que ya me despertó! —respondió enojado el otro, y preguntó —¿Qué necesita el gordo? ¿Acaso no puede esperar hasta esta noche? Si nos vamos a ver en su fiesta por qué me despiertan a esta hora ¡Carajo! — concluyó enojado.

"¡Pinche Bejarano! ¡Ha de traer una cruda el pobre!", pensó Juan.

—Don Juan murió en la madrugada —dijo Joaquín con voz grave y continuó —Disculpe señor gobernador, no quise despertarlo antes pero están a punto de llevarse el cadáver a la morgue y pensé que usted debía saberlo.

—¡Caramba! ¡Eso sí que no me lo esperaba! ¿Le dio un infarto? ¿O qué pasó? —preguntó Bejarano despabilándose de inmediato.

"¡Me pusieron un cuatro!", gritó Juan con todas sus fuerzas intentando que Bejarano lo escuchase. "Estoy seguro de que fueron los putos de Efraín y Manuel, y creo que María está involucrada. ¡Tienes que investigarlo!, ¡tienes que hacer que paguen con su vida, así los tendré cara a cara para darles lo que merecen!".

—Según la policía y el doctor Rubio todo parece indicar que se paró después de que lo metieron a su cama y que se cayó hacia el jardín. Como cayó de espaldas y vomitó en algún momento, estaba tan borracho que no pudo levantarse y se asfixió con su propio vómito.

"¡No! ¡Algo tienen que haber hecho esos desgraciados para provocar mi muerte!", gritó Juan. "¡Hagan la autopsia! ¡Seguro me dieron algo de beber o me han de haber inyectado! ¡Ordena la autopsia ahora mismo!

—Ciertamente, me dijeron que anoche bebió como nunca en la casa de Ángela y que lo sacaron de ahí completamente inconsciente. ¡Pobre gordo, era tan bueno para los discursos! Lástima, era el candidato ideal para substituirme en la gobernatura. En fin, voy a llamar para que dispensen la autopsia, si la policía ya dio fe no hace falta destriparlo al pobre.

"¡No! ¡Ordena la autopsia con una chingada! ¡Vas a dejar impunes a esos cabrones!" volvió a gritar el espíritu de Juan quien comenzaba a tener un terrible dolor de cabeza y sentía las sienes latiéndole como si fueran a reventarle.

—Gracias señor gobernador, en cuanto tenga los detalles del funeral le llamaré enseguida. Si no se hace la autopsia podrán traer el cuerpo de regreso para velarlo esta misma noche —le dijo Joaquín y terminó —Ahora mismo llamo a una funeraria y al cementerio para que todo quede listo para enterrarlo mañana al mediodía.

—De acuerdo, esperaré su llamada —dijo Bejarano colgando.

"¡Pinche Bejarano!", pensó Juan resignado, "Ni modo, al menos Bejarano no tiró mierda sobre mí como toda esta bola de ojetes que se van a disfrutar mi comida", se dijo sin separar la oreja del teléfono mientras Joaquín marcaba el número de Jaime.

—¿Bueno? —se oyó una voz.

—¿Jaime? —preguntó Joaquín.

—Si, soy el doctor Jaime Gallardo, ¿qué se le ofrece?

—Soy Joaquín, el secretario de tu padre y…

—Lo siento, si es para insistir de nuevo en que debo aceptar el apartamento que compró para mí, la respuesta es la misma: no gracias, yo tengo donde vivir y no necesito nada. Le suplico no vuelva a llamarme en horas de trabajo porque…

—Tu padre murió anoche —le interrumpió Joaquín de golpe.

Jaime suspiró con tristeza.

—Para mí, mi padre murió hace mucho tiempo —contestó con la voz quebrada.

—No entiendo —dijo Joaquín.

—No hay nada que entender, eso es asunto de familia.

Desconcertado, Joaquín intentó proseguir.

—Según la policía …

—Dejemos los detalles, todavía tengo pacientes que atender. Haré todo lo posible por conseguir un boleto para el vuelo de esta noche, si es así estaré ahí como a las once. Si no, estaré ahí mañana antes de las diez —contestó con voz entrecortada.

"Hijo ¿Por qué dices eso? ¿Por qué has rechazado aceptar mi ayuda desde que saliste de esta casa? Tienes que ayudarme, aquí hay algo raro, ¡tienes que investigar qué ha pasado!", dijo Juan sin ser escuchado.

—De acuerdo, arreglaré todo para que el entierro se haga después de esa hora para que puedas despedir a tu padre —aseguró Joaquín.

—Gracias, nos vemos pronto —respondió Jaime colgando el auricular.

Juan seguía sin comprender qué era lo que podía estar pasando por la cabeza de su hijo. No podía entender su escueta reacción y trataba en vano de adivinar por qué había dicho que él había muerto años atrás. Un minuto después salió de la oficina, mientras Joaquín se quedaba haciendo llamadas al cementerio municipal y a una funeraria. Se dirigió al jardín donde el Obispo y los párrocos, acompañados por Hugo y los camilleros, habían rezado ya un rosario completo y estaban finalizando una kilométrica y aburrida jaculatoria para el descanso de las almas. El sol era inclemente, bajo sus sotanas negras a todos los párrocos les sudaba el cuerpo y se les notaba lo incómodos que se sentían. Unos se abanicaban con sus libros de oraciones y otros se secaban constantemente el sudor de la cara con sus pañuelos.

"¡Ah, pinches curitas, les deben estar sudando hasta los huevos! ¡Bien merecido por hipócritas! ¡Bola de gorrones con sotana!", les dijo Juan acercándose a ellos mientras el Obispo seguía, con toda rapidez, diciendo frases a las que el resto contestaba con un monótono y desganado "Óyenos Señor".

—Así te lo pedimos, aunque pecadores. Señor Te rogamos que le perdones. Señor ten piedad. --dijo el Obispo cerrando su libro de oraciones.

Hubo un suspiro de alivio general, que se volvió instantáneamente desconcierto cuando el padre Miguelito se acercó al Obispo y le dijo con discreción:

—Perdón señor Obispo, pero sabiendo el historial de don Juan, que no era tan buenito que digamos, ¿no sería conveniente rezar la oración al Santísimo Sacramento y la de la Santa Gertrudis, por si acaso el alma de don Juan se encuentra en el purgatorio?

El obispo sonrió con fingida dulzura y guardó silencio por unos segundos. Y pese a que no movió los labios, Juan lo escuchó decir enfadado *"¡Ah, qué padre Miguelito, el cretino de siempre! ¡No se da cuenta de que nos estamos asando vivos y muriéndonos de hambre!"*

—Quizá tenga razón, hermano Miguelito, pero dese cuenta que el cadáver puede empezar a echarse a perder con el calor que hace, lo mejor será rezar solo una, como sea sabemos lo efectivas que son ambas.

—Gracias, señor Obispo. Mejor si hacemos la primera, ya que sin duda el Santo Sacramento tiene más poder que la Santa Gertrudis, que bueno, es una mujer a fin de cuentas —respondió el padre Miguelito complacido.

"¡Vaya con este tonto de capirote!", escuchó Juan decir al Obispo sin que este abriera la boca. Y de pronto se dio un golpe en la frente con la palma de la mano y pensó. "Ay, cabrón, o me estoy volviendo loco o puedo leer lo que todos estos desgraciados piensan. ¡Sería maravilloso saber qué hay en sus cochinas cabezotas!", concluyó entonces Juan, a quien como siempre le encantaba la posibilidad de llevarle la ventaja a cualquiera.

Con un gesto de resignación el Obispo se dirigió a los presentes.

—A petición de nuestro queridísimo hermano el padre Miguelito, terminaremos con una oración para pedir por el alma de don Juan…

Todas las miradas se volvieron como puñales afilados hacia donde se encontraba el padre Miguelito, quien de inmediato bajó la vista avergonzado.

—Pero si ya hicimos las jaculatorias que son precisamente para eso —dijo con impaciencia el padre Ricardo quien ya había desabrochado la mitad de su sotana y sudaba copiosamente.

—Recuerden que el sol puede empezar a descomponer el cuerpo en cualquier momento —terció uno de los camilleros.

—No se preocupen —respondió el Obispo, —es una oración rápida y la haremos por si acaso el alma de don Juan se encuentra atorada en el purgatorio.

"¡Sin duda!", pensó Hugo.

"¡Ah, qué cabrón! ¿También tú vas a hacer chistecitos a mis costillas?", le dijo Juan, "Voy a hacer que te despidan".

Juan volteó hacia donde estaba el Obispo y le ordenó:

"A ver usted, obispito del carajo, échese esa oracioncita que si me saca de este embrollo lo seguiré invitando cada año a disfrutar la comida de María y apoyándolo en sus negocitos.

El Obispo alzó las manos hacia el cielo y dijo:

—Te doy gracias, Señor Padre. Dios Todopoderoso y eterno, porque aunque soy un siervo pecador y sin gracia alguna...

Súbitamente el cuerpo del padre Manuelito cayó desmadejado sobre el pasto. El Obispo interrumpió su oración secretamente agradecido.

—Lo siento, padre Miguelito, pero creo que debemos parar o todos vamos a terminar en el suelo. Por favor, —continuó dirigiéndose a los demás —lleven al padre Manuelito a la casa y denle algo de beber.

Entre los camilleros, el padre Martín y Hugo, cargaron al padre Manuelito y lo llevaron al comedor.

"¡No!, ¡No! Tiene que rezar la oración, quizá en verdad sirva para que me vaya yo al carajo si es necesario y no tener que estar haciendo estos berrinches de mierda con todos ustedes", gritó Juan haciendo un inútil esfuerzo por quitarle al Obispo el libro de oraciones de las manos y abrirlo en la página donde estaba la oración que había sido interrumpida.

Ya solo en presencia del padre Ricardo y el padre Miguelito, el Obispo abrió la botella de agua bendita, roció desde lejos el bulto que se encontraba sobre la camilla y dijo:

—Te pido Dios eterno que bendigas este cuerpo que fue el hogar del alma de nuestro hermano Juan Gallardo.

Después volteó a ver al padre Miguelito y le dijo con un velado tono de reproche:

—Ya estará contento, querido hermano. Ahora vamos al comedor que no tardarán en servir el almuerzo y estoy que me muero de sed y de hambre. Los tres echaron a andar hacia el comedor seguidos por Juan.

Minutos después entre los camilleros, Sebastián y Hugo levantaron la camilla como pudieron y en silencio la llevaron hasta la ambulancia donde metieron el cuerpo. En cuanto el vehículo abandonó la mansión, ya todo quedó dispuesto para empezar el almuerzo. Joaquín entró a la casa por el gran salón de fiestas y se encaminó de inmediato hacia el comedor donde el padre Manuelito ya se había recuperado y sonriente, con una cerveza bien fría en la mano, estaba sentado alrededor de la mesa con los demás prelados. El Obispo que se encontraba opuesto al lugar que Juan debería ocupar le preguntó a Joaquín:

—¿Has podido decirle a Jaime lo que ha pasado con Don Juan?

Joaquín respondió moviendo afirmativamente la cabeza mientras destapaba una cerveza y le daba un largo trago, luego dijo:

—Su respuesta fue extrañamente fría, no sé si le dolió o no saber que Juan había muerto, pero como sea dijo que haría lo posible por llegar esta noche o más tardar mañana antes de las diez, por lo que pedí a la funeraria que arreglaran el entierro para las doce por si acaso.

—Es raro —dijo el padre Ricardo quien tenía más años de conocer a la familia —Don Juan siempre habló del gran amor que existía entre él y su hijo, yo mismo puedo recordar que Jaime lo adoraba.

—Bueno, bueno —le dijo el Obispo a Joaquín —Estas cosas podemos platicarlas durante el almuerzo. ¿Por qué no subes por Lucía para que comamos pronto?

—Si ustedes lo desean pueden empezar sin nosotros, no creo que ella tenga muchas de ganas de comer —respondió Joaquín con cortesía.

—¡De ningún modo! Sería una grosería —dijo sonriente el padre Miguelito.

—El padre Miguel tiene razón, esperaremos —dijo el Obispo sonriendo al tiempo que pensaba *"¡Estúpido cretino! Si hubiera una olimpiada de estupidez arrasarías con todas las medallas"*.

—Bien —dijo Joaquín terminando su cerveza de golpe —volveré con Lucía lo más pronto que pueda —y se encaminó hacia las escaleras.

CAPÍTULO 6

En el comedor, el espíritu de Juan había decidido sentarse en la silla de la cabecera donde le correspondería si hubiera estado vivo. Pensó que nadie se atrevería a tomar su lugar. Y además desde ahí podía observarlos a todos.

Miró la mesa tan bien puesta con las copas y vasos de cristal cortado de Bohemia, los platos de la más fina porcelana inglesa, los cubiertos de plata, las servilletas de lino irlandés, la suya con sus iniciales bordadas a mano y un ramo de rosas amarillas al centro. Vio el trinchador a la derecha repleto de botellas de vino y champañas franceses, de su wiski favorito y de aperitivos. "Y pensar que todo esto es en mi honor y no podré sino solamente ver cómo van a disfrutar de todo sin merecerlo. Solo podré tragarme su hipocresía porque eso de que pueda leerles el pensamiento me está enseñando que estos estaban cerca de mí solo por conveniencia", se dijo entristecido y furioso a la vez.

Los sacerdotes ya estaban sentados en espera de que se les sirviera la comida. El Obispo Talegoberto Ricavera mantenía la mano izquierda sobre su boca mientras tamborileaba impaciente los dedos de su mano derecha sobre la mesa. "*¿Por qué diablos se tarda tanto este par de idiotas? Seguro Lucía está tomando tiempo para arreglarse lo mejor posible, ¡es tan vanidosa! ¡Si no bajan en los siguientes diez minutos voy a estallar! ¡Calma Talegoberto, calma! Mejor pensar en lo bien que la pasé anoche, Sofía es una mujer de lo más experta y discreta y es un placer amanecer cada sábado con ella. Increíble,* *casi diez años y siempre me hace sentir listo y renovado para las misas y obligaciones del fin de semana"*, se dijo.

"Será hipócrita – se dijo Juan - Ya hace más de diez años que la tal Sofía es su amante. ¡Desgraciado! Al menos le es fiel, porque esos sermones que se echa en misa para condenar la infidelidad son para que se llene de temor y se arrepienta cualquier creyente que no lo conozca tan bien como yo".

El padre Ricardo, con las manos sobre sus rodillas tenía los ojos cerrados y apretaba los labios. *"¿Cómo se le ocurrió morirse a este bodoque? Cuando ya teníamos todo listo para abrir la gasolinería. Mi primo Rogelio va a hacer el berrinche del año. Espero que Jaime, que según recuerdo Juan dijo era su heredero universal, tenga a bien entregarnos el permiso que necesitamos.*

Juan sonrió irónico al enterarse de lo que le preocupaba tanto al padre Ricardo. "¿Así que eso es lo único que te preocupa? ¡Ojalá Jaime te mande a la chingada y se te sebe todo el negocito!", le dijo desde su asiento.

El padre Martín tenía una expresión flemática y seria en la cara, sentado muy cerca del padre Miguelito. Ambos permanecían callados y el segundo tenía lo que según Juan se podría interpretar como una expresión de felicidad y cierto placer reprimido en el rostro. Por eso, lleno de suspicacia, se agachó para ver debajo de la mesa. Sorprendido vio que la mano inquieta del padre Martín se paseaba juguetona sobre la entrepierna del padre Miguelito.

"¡Ah cabrón, esto si no lo sabía! ¡No es que no sepa que hay un montón de curas maricones, pero no imaginé que estos estuvieran enganchados!", dijo soltando una carcajada que fue interrumpida por el padre Manuelito, quien dio un hondo suspiro mientras pensaba *"¡Qué cena más buena la de anoche en la casa de Betita, y los pequeños regalitos que ofrece para pasar con ellos la noche siempre son de lo mejor"*

Juan volteó a verlo sorprendido.

"¿De qué hablas? ¿Pequeños regalitos que se dan en las fiestas de esa vieja? Infantes. He escuchado algunas cosas acerca de esas fiestas que ofrece para gente de alto rango. ¡Bola de pervertidos! Yo habré sido un hijo de puta pero jamás me atreví a hacerle daño a una criatura dijo Juan realmente molesto acercándose al sacerdote con la intención de escupirlo, justo en el instante en que Joaquín y Lucía entraban al comedor, ella traía el pelo cuidadosamente arreglado con un chongo discreto y un elegante vestido negro, bien maquillada y un gesto de tristeza en el rostro que más bien parecía una careta.

—Disculpen la tardanza, el impacto de lo que ha pasado me tiene en el limbo —les dijo llevándose las manos al rostro y terminó —Nunca hubiera podido imaginar que este día terminaría así. Ni siquiera atino a llorar más porque todo esto parece un mal sueño, una diabólica fantasía.

—¡Una pérdida enorme sin duda! —dijo el Obispo con resignación. Y continuó impaciente —¿Podríamos hablar de ello mientras almorzamos? Porque ya hasta se nos desmayó del hambre el padre Manuelito.

—Ahora mismo le ordeno a María que sirvan —dijo Joaquín al tiempo que se dirigía a la cocina en donde aparte de dar órdenes también se lavó cuidadosamente las manos.

Mientras, en el comedor Juan estaba pegando un gran berrinche.

"¡Hijos de puta! Se van a disfrutar mi comida. ¡Y yo ni siquiera puedo llevarme un pinche churro a la boca!", gritó soltando un puñetazo sobre la mesa.

—Lo bueno es que Joaquín se está haciendo cargo de todo, porque yo no tengo cabeza para razonar —dijo Lucía suspirando con tristeza. Y concluyó —Espero poder irme de vacaciones el próximo fin de semana porque esta casa se sentirá terriblemente vacía sin Juan. ¡Dios, lo amaba tanto!

"¿Casa vacía? ¡Se te comen las habas por irte a revolcar con el indio pata rajada de Carlos! ¡Eres una gran puta traicionera!", le gritó Juan.

Los cinco prelados asintieron con la cabeza al mismo tiempo.

—Sin duda tendrás que hacerlo hija mía, por tu propio bien —le contestó el Obispo quien se sentía exasperado del hambre que tenía. *"¡Qué ganas de apretarte el pescuezo, gran idiota! ¡Por tu cochina vanidad te tardaste horas en bajar y nosotros aquí con las tripas retorcidas por el hambre! Como si no supiéramos que para ti cualquier pretexto es bueno para disfrutar unas buenas vacaciones, te la pasas viajando todo el tiempo".*

Joaquín regresó seguido por las sirvientas. Traían los platos rebosantes con arroz, pollo y mole, dos chiquihuites llenos de tortillas calentitas bien envueltas en servilletas para evitar que se enfriaran, y una tanda de cervezas heladas.

Mientras el Obispo sonreía con los ojos clavados en su plato, los otros cuatro sacerdotes aplaudieron espontáneamente.

—¡Queridos hermanos por favor! —exclamó —Si bien el molito merece ser celebrado, no olvidemos que estamos aquí más que nada para acompañar a Lucía en este momento tan difícil. "*¡Joder, por lo menos debían disimular!*"

El padre Ricardo, que estaba sentado junto al Obispo, sacó con rapidez una tortilla, la cortó, dobló una cuarta parte de ella, y la metió en su plato. *"¡Este molito huele a gloria!"*

Estaba a punto de ponérsela en la boca cuando el obispo lo detuvo con una sonrisa por demás fingida.

—Todos tenemos mucha hambre, pero debemos rezar para agradecer a Dios por estos alimentos y elevar nuestros pensamientos brevemente, para dedicar este momento al alma de nuestro querido hermano Juan Gallardo.

—Disculpen, tiene usted razón señor Obispo —respondió el padre Ricardo apenado y conteniendo su rabia. "*¡Me las vas a pagar desgraciado, esto te va a costar caro!*"

La voz del Obispo interrumpió los pensamientos del padre Ricardo.

—Te damos gracias Señor por los alimentos que nos ofreces y te pedimos que esta reunión sea para honrar y recordar a nuestro queridísimo hermano Juan Gallardo, quien supo llevar sin tacha alguna su labor como presidente municipal, atendiendo siempre a los más necesitados —dijo y pensó *"Las mentiras que hay que inventar para saborear este molito. ¡Perdóname Señor pero mi estómago es tan débil como mi carne!"*

"¡No! ¡Mi mole! ¡Mis tortillitas de mano! ¡Mis cervezas! ¡Todo esto es mío, mío y de nadie más!", gritó desesperadamente desde su asiento Juan lleno de frustración, y pegando un salto se subió a la mesa e intentó en vano patear aquellos platos rebosantes de mole con pollo y arroz cuyo solo aroma lo hacía salivar como a un perro frente a una carnicería.

—Y confiados en el infinito amor que muestras por tus hijos, te encomendamos el alma de nuestro querido hermano Juan. ¡Amén! —terminó el Obispo.

—¡Amén! —respondieron todos al unísono.

—Ahora sí, queridos hermanos, podemos empezar a almorzar —dijo el obispo. *"¡Ahora sí! ¡El muerto al hoyo y el vivo al pollo, digo al bollo!",* pensó al tiempo que enrollaba una tortilla y la metía en su plato de mole.

Todos empezaron a comer animadamente deleitándose con aquel platillo mexicano. El mole y el arroz hecho con caldo de guajolote preparado por María eran inigualables sin duda.

—Supongo que velaremos el cuerpo de nuestro querido hermano Juan mañana —dijo el padre Ricardo.

—No, lo velaremos el día de hoy —contestó Joaquín y continuó —El señor gobernador ha dispensado la autopsia, pues él, la policía y el forense piensan que en realidad no hay nada que investigar. Es obvio que lo que le pasó a Juan fue un desafortunado accidente.

"¿Accidente?", dijo Juan. "Estoy seguro de que algo me dieron, María debe saber lo que me pasó. ¡Tienen que investigar a fondo!"

"¿Desafortunado?", pensó Lucía en ese momento. *"¡La muerte de Juan es una gran suerte! ¡La vida que voy a darme con Carlos a mi lado!".*

Juan se sintió verdaderamente devastado. "Me pregunto desde hace cuánto dejé de importarte. Quizá el mismo tiempo en que yo dejé de respetarte," pensó Juan y su atención volvió a desviarse, esta vez hacia el padre Martín quien prácticamente devoraba su pollo con mole y pensaba *"¡Qué mole! Y qué bueno que no se les ocurrió suspender el almuerzo. ¡De lo que nos hubiéramos perdido! ¡Gracias Dios mío!"*

"Este sólo piensa en lo que yo ya no puedo disfrutar", se dijo Juan con resignación.

—Joaquín ha hecho todos los arreglos, —continuó Lucía dirigiéndose a los curas —los de la funeraria traerán el féretro a las siete y lo velaremos durante la noche —y se limpió con toda delicadeza la comisura de los labios.

—¿Tan pronto encontraron un féretro de su tamaño? —preguntó intrigado el padre Manuelito.

—¡Por favor querido hermano! —le dijo el Obispo con un gesto de incredulidad. Y continuó —No vamos a entrar en pormenores acerca del tamaño de nuestro hermano Juan en este momento. *"Cierto, no lo había pensado pero con esa barriga descomunal tendrán que mandar un féretro especial y enterrarlo al menos medio metro más profundo. ¡Realmente era un elefante! ¡Un elefante barrigón!"*

—La verdad es que no hubo problema alguno, en la funeraria tenían un féretro suficientemente grande que estaba destinado a otro muerto, pero cuando se enteraron de que era para el presidente municipal decidieron que podíamos usarlo —respondió Joaquín mientras se limpiaba la boca con una servilleta.

—¿Y cuándo van a enterrar al otro pobre muerto? —preguntó el padre Miguelito.

—¡No lo sabemos! Seguro le harán otro féretro muy pronto —respondió Lucía con cara afligida. *"¡A quién le importa si a un mugroso lo entierran o no! Para mí lo que importa es que entierren a Juan y literalmente echarle tierra a todo este asunto para irme de vacaciones con Carlos de una vez".*

—¿Y qué piensan hacer con todo lo que se había preparado para celebrar el cumpleaños de don Juan? —preguntó el padre Ricardo reacomodándose en su asiento —Porque, como siempre, seguro iba a celebrarse en grande.

—Podrían donar la comida al orfanato —sugirió el padre Miguelito.

—Bueno, sí es cierto que necesitan ayuda, pero no es para tanto. ¿Usted se imagina, padre Miguelito, a esos pobres chiquillos llenándose la barriga con caviar y quesos franceses? Podrían hasta enfermarse comiendo algo que jamás han visto en su vida. "*¡Este cretino de siempre! ¡Experto en sugerir estupideces!*", le contestó el padre Ricardo con un gesto burlón.

"¿No estarás pensando en llevarte el caviar y los quesos en un itacate?", le dijo Juan al padre Ricardo.

—He pensado que se haga una cena sencilla y quizá poner todo en forma de bufete para que haya algo de comer durante el velorio, ya que la gente de todos modos va para venir a acompañarnos para celebrar a Juan —comentó Lucía mientras cortaba cuidadosamente su pollo con los cubiertos de plata.

—¡Esa es una idea excelente! —exclamó Joaquín —Y la bebida, pues siempre se bebe alcohol y café en los velorios, aunque discretamente —terminó bajando la voz.

—Muy bien querida hermana, así será más ligero el velorio —dijo el Obispo dirigiéndose a Lucía.

—¿Y entonces tocará la Sonora Estallido? —preguntó el padre Miguelito.

—¡Por supuesto que no! Está bien celebrar la vida de Juan, ¡pero no con tanta algarabía! —le dijo Joaquín mirándolo con incredulidad.

"¡Sin algarabía! ¿Y qué tal celebraste al saber que podrías robarme miles de dólares?", pensó Juan indignado.

—¿Y qué tal si nos traemos una orquesta de música clásica? —preguntó Lucía.

—Con todo respeto, queridísima hermana, creo que sería demasiado —terció el Obispo.

—Quizás podríamos pedir a Bejarano que le ordene al director de la Sinfónica del Estado que nos envíe una pequeña orquesta de música de cámara —sugirió Joaquín dándole un largo trago a su cerveza.

—Eso sería muy chic. ¡Me encanta la idea! Llámale a Bejarano, que seguro él lo arregla —dijo Lucía con una sonrisa antes de meterse el tenedor con mole y arroz a la boca.

—¡Magnífico!, ¿ven que el estómago lleno de comida deliciosa inspira? Creo que hasta podría escribir un poema. Poema al mole… —dijo el padre Martín mientras reía.

María entró con otras dos de las sirvientas. Traían una cazuela con mole y otra con arroz calentitos.

—¿Alguien quisiera repetir? —preguntó María con una cuchara de palo en la mano.

—¡Yo! —gritaron los cinco prelados al unísono.

—¡Oh, perdón querida hermana, pero el mole de María nos hace cometer locuras! —se disculpó apenado el Obispo.

"¡Lástima no pude cagarme en el mole!", pensó Juan resignado. "Me hubiera gustado verlos llenándose la boca de excremento y salir corriendo de aquí asqueados. Bien lo merecían. Me lleva el carajo", continuó, "Mi dinero para alimentar a una puta infiel, un ladrón desleal y una bola de curitas interesados, gorrones, mentirosos y pervertidos. ¿Cómo puede gente de esa calaña tener autoridad alguna en una institución de fe?".

El espíritu de Juan se paró y caminó hacia el jardín dejando a los demás comentando lo que se haría para su funeral. Se sentó en la entrada de la puerta de vidrio, necesitaba aire, pensar en lo que estaba sucediendo. "¿Cómo fue que me rodee de todas estas alimañas?", se preguntó y recordó el día en que, siendo estudiante, empezó a cuestionarse la validez que tenía todo lo que hasta entonces hacía por los demás.

Aquella mañana, tantos años atrás, había tocado a la puerta de la oficina del Ingeniero Bejarano, rector de la universidad donde estudiaba Leyes. Llevaba bajo el brazo un grueso folder con la lista de acuerdos y peticiones que se habían tomado en la última asamblea estudiantil de la Asociación de Estudiantes Universitarios de la cual él era líder. Llevaba además las firmas y números de cuenta de casi mil seiscientos estudiantes y la plena convicción de que sus peticiones eran más que justas y razonables. Especialmente el rotundo no al incremento de las colegiaturas que las autoridades universitarias intentaban imponer a partir del siguiente semestre.

—Pase, pase —se escuchó la voz del rector.

Juan abrió la puerta y entró con paso firme. El rector se encontraba sentado ante su escritorio, pretendiendo leer un documento.

—Tome asiento, ahora le atiendo —le dijo mirándolo de reojo y con una cortesía que no sentía.

—No gracias, prefiero quedarme de pie. Así me siento más cómodo —respondió Juan, con esa convicción que sólo los estudiantes jóvenes parecen tener.

—Como quiera —le contestó Bejarano un tanto molesto interrumpiendo su tarea. No tenía ningunas ganas de pararse pero se levantó porque sabía que sería la única forma de mantener a Juan en su lugar.

—¡Ah, qué Juanito! Otra vez de mensajero —le dijo y poniendo sus manos en los bolsillos del pantalón empezó a caminar lentamente en círculo alrededor de él. —Es una pena, mi querido Gallardo...

—Mi nombre es Juan Gallardo López —le contestó Juan desafiante.

—De acuerdo, señor Gallardo López —corrigió el rector, —Personalmente creo que es una pena que siendo tan inteligente y de palabra fácil ande de grillo alborotando a los demás y...

—Yo no ando de grillo, soy el representante de la Asociación de Estudiantes Universitarios, y fui democráticamente electo en asamblea abierta. Y es precisamente representando a la asociación por lo que he venido aquí, para entregarle el pliego petitorio acordado en la última asamblea —dijo Juan estirando la mano para entregar el documento y continuó —El documento está apoyado con más de mil seiscientas firmas de los estudiantes que están en completo desacuerdo con las medidas que su rectoría, en forma totalmente antidemocrática y arbitraria, planea introducir al inicio del próximo semestre afectando principalmente a los estudiantes de bajos recursos que son la gran mayoría.

—¡Ah, qué Juanito! —repitió el rector en tono irónico.

—Juan Gallardo López, si me hace usted el favor.

—Bueno, bueno, Don Juan. Vamos a tratarnos de usted si así lo desea. Siendo tan buen orador yo podría proponerlo como líder de las fuerzas juveniles del PUP, que es el partido político al que pertenezco y que además ha estado al poder por casi un siglo —le dijo Bejarano moviendo el índice en el aire. Y continuó —Yo voy a ir subiendo en la esfera política de nuestro país y le hago aquí y ahora una invitación sincera. Únase a nosotros y créame que su talento para el discurso y su fuerza para dirigir grupos se verá mucho mejor recompensado que siendo líder de esta bola de grillos —concluyó recargando el cuerpo en el dintel de la ventana.

—¡Son legítimos estudiantes, los futuros profesionales de nuestro país! —le dijo Juan con indignación, poniendo de golpe el folder en el escritorio del rector —Lo siento ingeniero, pero soy un hombre de convicción y vine aquí a defender los derechos legítimos de los estudiantes que represento.

—Bueno, bueno, no se altere, vamos a tomar asiento y déjeme echarle un vistazo a sus papeles.

—Son documentos, señor ingeniero —dijo Juan recargando sus manos en el escritorio.

—De acuerdo, déjeme leer sus documentos. A ver, deme el pliego petitorio que es lo más importante.

Los dos tomaron asiento, Juan sacó unas hojas del folder y se la entregó al rector.

El ingeniero Bejarano empezó a leer en voz alta: "No rotundo al alza de las colegiaturas; actualización de los libros y materiales de la biblioteca; instalación de alarmas en cada facultad para alertar la entrada de grupos porriles a las escuelas, y la destitución inmediata de profesores aviadores".

Bejarano se quedó pensativo por unos momentos, sacó su bolígrafo y empezó a hacer anotaciones en la hoja que había leído.

—Lo de la biblioteca lo entiendo —aceptó —y haré lo posible para mejorarla. De las colegiaturas, ni hablar. Con los recortes de presupuesto que hizo el gobierno federal es imposible seguir manteniendo las colegiaturas ridículamente bajas que paga el alumnado, de seguir así no habrá suficiente dinero para pagar a los profesores…

—¡Lo habría! —interrumpió Juan —si no se estuviera pagando sueldos a los aviadores, nueve en total y tenemos bien investigado quienes son y dónde trabajan cuando se supone deberían estar dándonos clases porque…

—Usted no puede decir eso, joven Gallardo López —le interrumpió Bejarano y continuó: —Las firmas diarias de los maestros en los libros de asistencia de los profesores son prueba de que ellos cumplen con su trabajo. ¿Qué más quiere? —preguntó.

—En esos libros —contestó Juan mirándolo directamente a los ojos —ellos firman la asistencia de todo el mes el día que vienen a cobrar y a encargar a los estudiantes una bola de trabajos escritos que nunca regresan revisados.

—¡Pruebe que lo que dice es verdad! —dijo el rector retándolo —El profesorado de esta universidad es sagrado, no se meta en esto joven Gallardo López. Muchos de estos profesores son los mejores profesionales en su campo con los que cuenta el país. ¡Son ellos quien dan prestigio a esta universidad!

—Lo siento señor rector —interrumpió Juan nuevamente —No queremos prestigio, queremos que estos profesores estén en el salón de clase cuando deben de estar y que nos enseñen lo que saben ya que para eso se les paga.

—¡Yo sé cómo manejo a mi profesorado! —le gritó Bejarano tocándole el pecho con su dedo índice. —Y por último —continuó —lo de las alarmas. ¡Eso no es necesario! Ustedes los estudiantes ven moros con tranchete por todas partes y hacen un escándalo de cualquier pelea callejera que pasa cerca de las instalaciones de la universidad.

—¡Eso es mentira! —contestó Juan indignado.

—¡Pruebe que es una mentira! Cuando lo haga tomaré las medidas necesarias —respondió Bejarano interrumpiéndolo.

—¿Cómo puede llamar pelea callejera al hecho que cuatro tipos bajen de un carro sin placa y agarren a cachazos a un estudiante a una cuadra de la universidad? —le preguntó Juan a Bejarano mirándolo con asombro.

—¿Usted qué sabe Juan? Cuando pasa algo pasa fuera de las instalaciones de la universidad, yo no tengo autoridad para hacer nada. La policía está investigando eso, usted lo sabe.

—Sí —admitió Juan asintiendo con la cabeza, y concluyó —desde hace un mes y medio y nada han dicho al respecto.

—Y si la policía da su reporte ¿de qué va a servir una alarma? —preguntó Bejarano, mirándolo directamente a los ojos, y continuó —¿Para que salgan a hacer de un pleito callejero algo más grande y enlodar la reputación de la escuela? ¡No Juan! ¡Piénselo! Usted es mucha pieza para andar defendiendo pendejadas. Usted es un líder, y puede ser un gran líder. Use su talento donde le produzca algo bueno, usted tiene madera de político, le guste o no.

—Ni por todo el oro del mundo entraría a la política. Es sucia, mañosa, corrupta y …

—Pero a la larga de gran beneficio para quien se involucra en ella —lo interrumpió el ingeniero Bejarano y continuó: —A ver, dígame, ¿cuántas firmas trae?

—Más de mil quinientas —contestó Juan con orgullo.

Bejarano continuó.

—¿Cuántos estudiantes están afuera esperándolo? ¿Cuántos vinieron hasta aquí con usted?

—Sólo el secretario de la asamblea. Y debe haberse ido ya porque tenía clase —respondió Juan desconcertado.

—Y usted, ¿no tiene clases Juan?

—¿Yo? ¡Por supuesto!, pero soy el represen…

Bejarano mirándolo a los ojos y suavizando la voz le interrumpió.

—No sea tonto. Ellos tendrán un título en uno o dos años y la oportunidad de tener un buen trabajo. Usted nada. Y tendrá que ser subordinado de alguno de ellos. Y cuando usted les pida ayuda, le darán sólo migajas. Usted es un político nato le guste o no. Cuando se planta frente a una asamblea, cuando organiza a la bola de irresponsables para que le den sus firmas, cuando viene aquí y se para frente a mí sin miedo alguno para exigir derechos, usted está liderando y eso es la arcilla de un buen elemento en la política, le guste o no. Esa es la verdad —concluyó mientras encendía un cigarrillo.

—Parece que no iremos a ninguna parte —dijo Juan exasperado. —Usted tiene ya nuestro pliego. ¡Sabemos que nuestras peticiones son justas y demandamos que se cumplan! —terminó agitando el dedo índice.

El ingeniero Bejarano se dirigió hacia la puerta y la abrió de golpe.

—¿Demandamos? ¿Sabemos? ¿Usted y cuántos más, Juan? —le dijo señalando el espacio vacío fuera de su oficina —¡No sea estúpido! —continuó sin darle tiempo a pensar —Vea la realidad con sus propios ojos: está usted solo.

Juan se sintió invadido por un raro desaliento y no pudo responder. Bejarano, consciente de que estaba ganando terreno, siguió con vehemencia.

—Mientras los otros acuden a sus clases para crearse un futuro usted está aquí solo, abogando por los derechos de los que lo eligieron para hacer el trabajo por ellos. ¡Esa es la realidad! ¡Ellos son unos comodinos y usted es un verdadero tonto! —le dijo mirándole directamente a los ojos, y dándole una fumada a su cigarrillo continuó — Use su talento con inteligencia, déjese de tarugadas y póngase a estudiar. Con un título de abogado y la gran habilidad que tiene para liderear no le va a costar mucho llegar a ser gobernador de algún estado y quién quita, hasta a la presidencia de la república podría usted aspirar. Usted tiene madera de político y en la política hombres como usted triunfan, créamelo. Usted es un líder nato y los líderes están ahí para hacer lo que la borregada no quiere hacer por miedo o comodidad. Ellos entregan su libertad por migajas.

Juan se sintió incómodo, las palabras de Bejarano tenían un tinte de realidad que no deseaba aceptar.

Bejarano puso con suavidad sus manos en los hombros de Juan y le dijo:

—Sólo hay dos clases sociales en este mundo, joven Juan. La de las mayorías que renuncian a la responsabilidad de decidir qué hacer con su vida y prefieren ponerla en manos de quien creen se las va a resolver favorablemente. Y la de las minorías que toman en sus manos esa libertad de las masas y la usan para su propio provecho, desde una posición de poder. Ahí es donde hombres como usted y yo pertenecemos.

—¡Está usted loco! —gritó Juan haciéndose a un lado.

—¡Bien, loco y pronto me verá encumbrado! Porque un día yo seré gobernador de un estado y después seré presidente de este país. Ahí lo estaré esperando cuando usted se estrelle contra su realidad y voltee bandera —respondió Bejarano con una seguridad que dejó pasmado a Juan, quien tuvo apenas fuerza para responder:

—¡Váyase al diablo! —y con voz vacilante agregó —Y… iremos a la huelga.

Se dirigió hacia la puerta. Iba saliendo cuando escuchó las últimas palabras de Bejarano.

—En verdad le recomiendo que aprenda a usar su talento en algo más útil.

Juan salió a la calle lleno de rabia. "¡Pinche ingeniero!", pensó. "¡Y pinches compañeros que me dejaron solo!…¡Pinche yo que en los últimos días prácticamente no he tomado ninguna clase!". Echó a andar de prisa hacia la facultad de Derecho con la esperanza de llegar a tiempo a la tercera clase del día. Iba pensando en cómo en la última asamblea de la asociación se había acordado que la visita a Bejarano la haría un comité de ocho estudiantes, Juan entre ellos. Pero el día anterior cinco se habían disculpado porque por diversas razones no podrían acompañarlo. Y ese día uno no llegó a última hora y José Morales, el secretario de la asociación estudiantil, lo había acompañado solo hasta la puerta de la rectoría, donde se despidió pretextando no poder perderse la clase de Derecho Romano que era la que más le gustaba.

Juan pensó en el número de clases que había perdido, durante ese año lectivo. Sabía que a menos que hiciera un esfuerzo sobrehumano no pasaría todas sus materias ese semestre, ni aún con la ayuda de su amigo Joaquín Garrido, quien siempre hacía su mejor esfuerzo para ponerlo al corriente y, algunas veces, ayudarlo con los trabajos que había que entregar. Recordó el entusiasmo con el que había empezado y hecho el primer año de la carrera. Y cómo poco a poco se sintió atraído hacia las asambleas de la asociación estudiantil a las que acudía, cuando tenía tiempo libre, y solo para ver. Y cómo desde el primer día que levantó la mano para participar, los representantes se acercaron para felicitarlo por las ideas que había aportado y lo animaron a que se les uniera, lo cual hizo con ciertas reservas. Y así, sin darse cuenta, se había convertido en el representante de la asociación y no tuvo más remedio que asumir la carga de trabajo que eso implicaba por lo que se había visto en la necesidad faltar a sus clases hasta que su asistencia se hizo casi nula.

Llegó a la clase veinte minutos tarde, pero como era una sesión de dos horas pensó que no habría problema. Entró sin hacer ruido y se sentó de inmediato

—¿Qué tema están viendo? —preguntó con discreción a su compañero de al lado.

—Te digo en el descanso —contestó el otro sin siquiera mirarlo.

"¡Qué gacho!", pensó Juan, "yo defendiendo tus derechos y tú no puedes darme una vaga idea de lo que están hablando. ¡Carajo!". Durante el resto de la clase, por más que se esforzó Juan no pudo concentrarse, porque las palabras de Bejarano le seguían dando mil vueltas en la cabeza. Estaba ya a punto de terminar el tercer año de la carrera y traía arrastrando cuatro materias reprobadas. Sabía que sin duda en ese semestre reprobaría al menos otras cuatro.

Al terminar se fue directamente a su casa, se metió a la cama sin querer saber nada de nadie, ni de él mismo, y se quedó profundamente dormido. Había elegido la carrera de Leyes con la convicción de prepararse para ayudar a la gente desposeída. Era un chico de principios y creía genuinamente en la democracia, en el reparto justo de la riqueza, en el derecho a una vida mejor que tenía cada individuo en una sociedad.

No era que Juan fuera un flojo o un grillo manipulado. Pese a su corta edad tenía una auténtica empatía con los desposeídos y estaba bien informado. Hacía años que había empezado a devorar libros de historia y filosofía. Creía en un socialismo moderado, aunque se cuestionaba qué tanto se desalentaría a un trabajador responsable y comprometido si se le pagara igual que a el trabajador mediocre y comodino; incluso había llegado pensar que el capitalismo podía ser bueno si el estado era capaz de regularlo con honradez, responsabilidad y mano firme. Tenía sus propias teorías de cómo sería un sistema político y económico incluyente y balanceado.

En suma, Juan no era ningún improvisado y creía con firmeza en que su destino estaba ligado a la solidaridad y la justicia, y por eso asumía su papel de representante de los reclamos de sus compañeros de estudio. Pero desde hacía varias semanas se venía cuestionando qué clase de abogado sería si no era capaz de aprender lo que debía, y qué tanto le tomaría obtener su título, al paso que iba, para poder ejercer la profesión. Y además, no ignoraba que sus padres se sentirían traicionados si supieran cómo iba de mal en la escuela, sobre todo su padre, que había decidido tener dos trabajos, uno de tiempo completo y otro de medio tiempo, para poder pagar todos sus gastos hasta que terminara la carrera.

"Es irónico," se dijo el espíritu de Juan recordando aquel tiempo, "darme cuenta cómo la fuerza de palabra y la convicción que tuve para defender los derechos de mis compañeros de la universidad y que pude usar para ayudar, terminé usándolas para hacer exactamente lo contrario. ¿En qué momento empezó a cambiar todo?" se preguntó. Y siguió recordando.

Después de la conversación con Bejarano se había sentido molesto por varias semanas. Sabía aunque le doliera que aún pese a lo que consideraba poca calidad moral en la actitud del rector, sin duda este había puesto el dedo en la llaga. Y desde ese día había caído en un estado de reflexión profunda acerca de su situación. Le faltaba un año más para terminar la carrera y sabía que ni con toda la magia del mundo podría pasar todas las materias que debía ni las que estaba a punto de reprobar. Al final le esperarían por lo menos ocho exámenes extraordinarios. Desde entonces empezó a observar con detenimiento lo que pasaba en su escuela y se dio cuenta que la Asociación de Estudiantes contaba con un buen número de miembros que iban tan atrasados en sus estudios como él. Que muchos de ellos realmente no tenían interés en la carrera y que la Asociación les representaba el mejor pretexto para no asistir a clase y pasársela entre la grilla y la bohemia. Sin duda había, como él, algunos que realmente creían en su derecho a decidir las cosas que afectaban su vida académica, pero eran solo unos cuantos que seguían haciendo lo que él había hecho al principio: comprometer sólo su tiempo libre y seguir enfocados en sus estudios. No tenía idea de cómo iba a hacer para explicar a sus padres el porqué de su mala situación académica.

A partir de ese tiempo, Juan hizo un esfuerzo máximo para estudiar todo lo que pudo, y hasta se salió de la Asociación. Pero no pudo evitar el gran desaliento con que sus padres recibieron las noticias, un año después, cuando los estudios de Juan oficialmente hubieran debido terminar.

—¿Cómo que debes cuatro materias? —le preguntó su padre lleno de incredulidad —Si has tenido cuatro años para dedicarte de tiempo completo a la escuela.

—Es que empecé a atrasarme hace algún tiempo y …

—¿Por qué no me informaste entonces? Pude haber tomado otras horas extra en mi trabajo de las tardes y pagar clases de regularización o hacer algo para ayudarte.

—Por favor papá, esto es muy difícil para mí, la verdad es que cuando fui representante de la Asociación de Estudiantes perdí mucho muchas clases porque tenía que…

—Mira Juan, yo no me he tirado cuatro años con dos trabajos para que tú anduvieras en la grilla…

—¡No era grilla! —le interrumpió Juan —Los estudiantes tiene derechos legítimos y yo…

—Y tú perdiste el tiempo defendiendo los derechos de los que se dedicaron a estudiar con ahínco para terminar la carrera —dijo su padre —¿O acaso todos tus defendidos están en la misma situación que tú?

—No —admitió él —de mi grupo solo yo y otro…

—¡Otro tarugo! —gritó su padre —¡Tarugo como yo, que me la pasé trabajando extra para darte una oportunidad para el futuro! Yo realmente creí en ti.

La madre de Juan los observaba desde la puerta de la cocina en silencio con las lágrimas escurriéndole por la cara. Era una escena que penetraba a Juan como una daga.

—¡Por favor, perdónenme! Yo no quise decepcionarlos —dijo con la voz quebrada.

—Pues lo has hecho, y bastante bien.

—Papá, por favor dame otra oportunidad, solo son cuatro materias, sé que puedo resolver esto en un año, solo un año más.

—No Juan, no puedo seguir manteniendo a un hombre de veintidós años que no sabe ser responsable —le dijo su padre moviendo la cabeza con gran desaliento —No te imaginas lo cansado que estoy, en los últimos meses seguí trabajando como un animal con la esperanza ciega de que quedaba muy poco para cumplir como padre y apoyarte hasta que terminaras tus estudios. Si tú no respondiste, no es mi problema. Ya no puedo, ni quiero trabajar tanto. De hoy en adelante tú te las arreglas como puedes. Si deseas seguir viviendo en esta casa tendrás que trabajar y aportar una tercera parte de los gastos. Y no esperes que tu madre te siga lavando y planchando, eso se acabó — Su padre caminó hacia la puerta donde su madre miraba la escena inundada de pena.

—Y tu mamá cocinará cuando ella quiera y pueda. A partir de hoy, ella y yo nos jubilamos de nuestro trabajo de padres. Tu vida está en tus manos —le dijo tomando de la mano de su esposa, y ambos echaron a andar a su habitación.

Juan sintió que el mundo se hundía. Le dolía perder el apoyo de sus padres, pero más le dolía haber perdido su confianza.

Al día siguiente había empezado a buscar trabajo.

Unos gritos desgarradores interrumpieron los recuerdos de Juan, quien regresó de prisa al comedor, donde aún se encontraban charlando Lucia, los sacerdotes y Joaquín, al tiempo que Beatriz, su hija, irrumpía en el comedor gritando y llorando desconsoladamente:

—¡Papá! ¡Papito querido! ¡Dónde está! ¡Quiero verlo!

CAPÍTULO 7

—¿Qué le pasó a mi papá? ¿Qué ha pasado? ¿Por qué no me avisaron antes? —preguntó Beatriz interrumpiendo intempestivamente a quienes se hallaban en el comedor. Todos se pusieron de pie y la rodearon sintiéndose realmente conmovidos por su llanto.

—Me dijeron en la puerta que había fallecido y que ya se habían llevado su cuerpo a la morgue. ¿Qué tipo de broma es esta? ¿Qué fue lo que pasó? —repitió dirigiéndose a su madre con los ojos llenos de lágrimas.

—¡Ha sido terrible, nadie esperaba que algo así sucediera! Te llamamos pero tu celular estaba fuera de servicio —dijo Lucía abrazándola y tratando de consolarla mientras su hija gimoteaba sin control.

—¡Papá! ¡papacito querido! ¡No puede ser! —volvió gritar Beatriz desconsolada, y zafándose de los brazos de Lucía se acercó al padre Manuelito quien de inmediato la rodeó con sus largos brazos.

—Quizá necesitas un poco de agua —dijo Joaquín tomando un vaso y una jarra de la mesa.

Iba a llenar el vaso pero el Obispo le hizo una señal de que esperase un momento. Joaquín se sentó en la silla de Juan, desde donde este último había estado observándolo todo. Le invadía una sensación de asco al ver a su hija en los brazos del sacerdote.

"¡Órale guey! No te sientes en mi", dijo Juan parándose de golpe y atravesando el cuerpo de Joaquín intentó interponer su cuerpo entre el sacerdote y su hija.

—Consuélate pequeña, tu amado progenitor debe ya estar tocando la puerta del cielo, donde seguro tendrá una mejor vida —le dijo el cura, aspirando deleitado el olor de su pelo.

Perturbado y lleno de incomodidad, Juan luchaba por separar a su hija del sacerdote. "Suéltala", le dijo, "ese gusto tuyo por la carne tierna es cosa tuya pero a mi hija no me la vengas a manosear, ella es una mujer de buena familia: la mía".

En eso Lucía se acercó y tomó de la mano a su hija quien de inmediato se abrazó a ella con ternura. Cariñosa, le dijo al oído:

—Entiendo cómo te sientes, creo que será mejor que vayamos a mi habitación, ahí podremos hablar de todo esto a solas.

Aún con los brazos extendidos en el aire el padre Manuelito hizo un gesto de frustración. Al observarlo el Obispo carraspeó mientras Miguelito y Martín le echaron una discreta mirada de desaprobación. Beatriz asintió.

—Discúlpenos —dijo Lucía a los sacerdotes —creo que es mejor si podemos estar las dos a solas.

Juan se sintió aliviado y agradeció como nunca la intervención de su esposa.

—No hay problema, a la niña le hará bien estar a solas contigo, además nosotros tenemos que dejar las cosas organizadas para las misas de mañana si deseamos acompañarlos al entierro, y el sábado siempre hay mucha gente que quiere confesarse para poder recibir la comunión en la misa del domingo —dijo el padre Ricardo.

—Volveremos ya entrada la noche para venir a orar por el alma de Juan —agregó el Obispo, al tiempo que los otros cuatro sacerdotes asentían con la cabeza.

—¡Ah! Pero no olvidemos pedirle a María nuestro itacatito, quizá podría agregar algunas latitas de caviar —dijo con un gesto de inocencia el padre Miguelito.

—Cierto, ustedes son siempre tan generosos que nos tienen muy mal acostumbrados. Sería una pena olvidarnos del itacatito —dijo con una sonrisa benévola el Obispo mientras pensaba "*¡Vaya! ¡Primera cosa razonable que dice este cretino en todo el día!*"

Lucía asintió sin soltar a su hija. Se despidieron besándole la mano a cada uno de los sacerdotes y por último el Obispo les dio la bendición. Ambas salieron del comedor. Joaquín se dirigió a los prelados.

—Voy a pedirle a María que prepare un itacate para cada uno de ustedes, ahora vuelvo.

"¡Bola de gorrones!", dijo Juan, que ya estaba en la puerta dispuesto a seguir a Beatriz y Lucía, "No se conformaron con dobletear sino que hasta quieren itacate. ¡Y con caviar!"

El espíritu de Juan subió las escaleras de prisa y entró a la habitación que compartía con Lucía atravesando la pared. Las vio sentadas en la orilla de la cama. Beatriz ahora estaba un poco más tranquila.

—Pobre de ti, debimos haberte avisado pero todo fue tan de repente y tan confuso. Mira nada más cómo te has puesto la cara, con todo el rímel corrido, tú que siempre te ves tan linda —le dijo su madre limpiándole la cara con un pañuelo de seda.

—¡Ay no! —respondió ella, y se dirigió hacia el espejo. — ¡Estoy hecha un desastre! ¡Qué pena! Y así me vieron el Obispo y los sacerdotes y Joaquín —dijo, y preguntó: —¿Qué fue lo que pasó? ¿Tuvo un infarto o algo así? ¿A qué hora murió? ¿Cómo es posible y justo el día de su cumpleaños? ¿Qué vamos a hacer con todos los preparativos? ¿Cuándo vamos a tener el funeral?

—Ven aquí, yo te pongo linda mientras te digo lo que ha pasado y lo que hemos decidido hacer —dijo Lucía tomándola de la mano y haciéndola sentar frente al tocador mientras le limpiaba la cara y acomodaba el pelo.

—Todo estaba listo para su cumpleaños —le dijo a su hija y continuó —No debes preocuparte pues ya Joaquín...

Pero Beatriz la interrumpió con un gesto de enorme desilusión en el rostro.

—Y mi vestido rojo que compramos en Italia... no podré estrenarlo, ¡ah qué pena! Ahora habrá que esperar y ...

—No te preocupes, que por ser niña buena y escuchar a tu mamita la última vez que fuimos de compras a Italia también compré un vestido negro precioso para tí. ¿Recuerdas que te dije que una mujer elegante debe siempre tener un vestido negro en su vestuario? Lástima que sea para el funeral de Juan, pero cambiándole los accesorios se verá completamente diferente si deseas usarlo en otra ocasión. Y tus zapatos negros de tacón Prada le van a ir fenomenales —dijo Lucía mirándola por el espejo.

"Vaya, solo estrenar el vestido es lo importante. —pensó Juan sorprendido —Pensé que Beatriz me quería más. No entiendo cómo es que de repente parece no importarle demasiado que me haya muerto y …"

—¡Oh no! —exclamó de pronto Beatriz.

—¿Qué pasa? —le dijo su madre.

—Papá iba a ordenar mi Mercedes negro para mi cumpleaños la semana próxima —dijo exhalando con desaliento y continuó — Espero que su muerte no sea un problema para ordenar mi carro. Lo he deseado tanto que...

—Eso no sucederá, —la tranquilizó Lucía —le pediré a Joaquín que se hago cargo de todo. También tendrá que ver que la lectura del testamento se haga lo más pronto posible. Eso habrá que consultarlo con Jaime que llegará entre hoy y mañana. Y de paso le pediré también que arregle las cosas para que a partir del viernes yo pueda ir a pasar unos días a Miami para relajarme, o me volveré loca a solas en esta enorme casa.

—¡Claro que debes hacerlo! Yo también veré adonde puedo ir con alguna amiga. Como a ti, me vendrán bien unos días de descanso para sobrellevar esta tragedia —contestó Beatriz, y concluyó — Además, una vez que se ordene el carro serán algunos días antes de que lo entreguen y Joaquín arregle lo del seguro.

"¡Que tontas, si creen que Joaquín va a ayudarlas! En cuanto termine el funeral ese se va a pelar de inmediato y con una buena parte de mis bienes, esos que nadie más aparte de él y yo tenemos conocimiento y acceso", pensó Juan, a sabiendas de que no podría hacer nada por evitar que les robara.

—No creas que solo me interesa el carro — intentó aclarar Beatriz un poco apenada —La verdad es que si bien he querido a papá también siempre sentí algo de rechazo por él. No sabes cuánta gente me contaba cosas, cosas malas que decían que él había hecho —dijo poniéndose de pie y dirigiéndose a la cama. —Que si había mandado matar a tres líderes sindicales en Cenagia; que si había mandado golpear a los profesores del municipio porque protestaron por el pago que les impusieron para estacionarse en los alrededores de las escuelas donde trabajaban; que si había despojado de sus tierras a cientos de campesinos; que si se robaba el dinero de los impuestos; que si organizaba fiestas en la casa de una prostituta de lujo; y lo peor, que la muerte de Gustavo, aquel amigo a quien yo quería tanto, la había ordenado él. Eso me lastimó mucho, sobre todo cuando me lo decía la gente, niños y adultos con los ojos llenos de desprecio, como si yo fuera la culpable. Solo cosas malas decía de él la gente —dijo antes de sentarse en la orilla de la cama nuevamente —Crecer oyendo todo eso no ha sido fácil, créeme. Al principio defendí a mi padre de lo que pensé eran calumnias pero después era tanto lo que tenía que defender que terminé cansándome.

—La gente se la pasa chismeando tanto —respondió Lucía encendiendo un cigarrillo —que si les creyéramos pensaríamos que todo lo que poseemos está manchado con el dolor de otros. Yo no sé cuál es la verdad, pero he preferido creerle a Juan y no hacer caso de lo que se dice —dijo caminando hacia la ventana abierta, y continuó —Hay tanta gente amargada, floja y envidiosa que es difícil creer que todo lo que se le imputaba sea cierto —concluyó exhalando el humo de su cigarro. —Yo solo deseo vivir y disfrutar mi vida y tú deberías hacer lo mismo, sobre todo ahora que podremos disfrutar de su herencia y largarnos de aquí si se nos antoja. Tenemos dos apartamentos preciosos y una cuenta bancaria con suficiente dinero en Madrid, quizá sea la oportunidad de empezar una nueva vida, sin la mancha que deja su recuerdo sobre nosotros.

Juan pensó enojado "Así que todo eso le habían dicho a Beatriz. ¡Qué infames! Como si los hijos tuvieran que pagar los errores de sus padres". Y dio unos pasos hasta quedar de frente con Lucía. "Y tú", le dijo en la cara, "bien sabías de algunos de mis asuntos sucios, tú misma me decías que la moral y la ética eran dos piedras que estorbaban en el camino de la felicidad y la oportunidad de disfrutar la vida", dijo y continuó mirándola a los ojos con tristeza "Todo lo hice por ti, porque te quería y quería darte todo lo que deseabas. Por eso le vendí mi alma al diablo. Ahora veo que no valió la pena, todavía no me entierran y tú ya estás haciendo planes para irte con Carlos de vacaciones. Malhaya esa eficiencia de Joaquín. En un abrir y cerrar de ojos tendrá todo listo para que puedas irte a celebrar mi muerte a Miami con ese indio del carajo. Solo porque hay que disimular sino seguro le pedirías que arreglara todo para mañana mismo".

—Bueno —concluyó Beatriz, —lo más conveniente será ver cómo nos las arreglamos para que el funeral se haga lo más pronto posible.

—Todo está listo, —respondió Lucía, —Joaquín no podía ser más eficiente, el velorio será esta misma noche y aprovecharemos casi todo lo que se había preparado para su cumpleaños y…

Juan no quiso permanecer en la habitación escuchándolas. Salió de allí cabizbajo. Por primera vez en muchos años sentía el peso enorme de la derrota. "Renuncié a tanto y ¿para qué? Al final parece no haber nadie en esta casa que me recuerde ya no con amor y agrado sino al menos con un poco de consideración y respeto", se dijo con tristeza. Bajó lento las escaleras. Ahí se encontraba el Canelo, quien alzó la cabeza al verlo, y sin emitir un solo ladrido o inmutarse en lo más mínimo volvió a agacharla y se reacomodó para seguir dormitando.

Juan se asomó a la cocina y vio a Pierre meter un buen número de latas de caviar en su mochila, cuidando de no ser visto por las sirvientas que ahí se encontraban.

—Ahora sí, todas tienen que trabajar muy duro para preparar los canapés, ensaladas y pastelillos que necesitamos para dar de comer a quienes vendrán al velorio de don Juan —les dijo el cocinero a las sirvientas que estaban alrededor de la mesa esperando sus instrucciones, y continuó —Por lo pronto hay que meter los patos en los hornos. Hay que cocinarlos enteros y con una temperatura baja, ya verán qué tierna es la carne, se estará cayendo de los huesos en unas horas. Y con los aderezos que les enseñaré a preparar van a ser todo un éxito…

"*Mmm, debería cobrar por estas clases de cocina, doña Lucía debería estar agradecida de que les enseñe a cocinar a esta bola de indias que solo saben cómo echar tortillas en el comal y preparar un mole*", pensó.

Juan no pudo menos que sonreír al saber lo que Pierre estaba pensando, pues sabía la envidia con que él soportaba que la humilde comida de María no tuviera nada que pedirle a los patos horneados de aquel rubio francés.

Pierre concluyó con un profundo suspiro dirigiendo la mirada hacia el techo.

—Como siempre, la comida francesa es la número uno en todo el mundo.

María lo vio burlona y pensó "*¡Fanfarrón!, su comida es para presumirse, la mía para saborearla. Hace una hora armó un escándalo, el cambio de planes lo puso a temblar de miedo. Si fuera tan profesional no habría tomado más de una hora para leer sus librejos de cocina francesa y decidir qué podía prepararse con los ingredientes que hay*". Y concluyó lanzándole una mirada fulminante "*le hace tanto al cuento para hacer unas tartaletas con pato y compota de naranja, eso hasta yo*".

—¿María, puedes venir unos minutos conmigo? —la interrumpió Efraín, uno de los dos guardaespaldas de Juan, asomándose a la cocina —Manuel no se siente bien y quiere ver si le puede preparar un remedio, está en nuestro cuarto.

—Qué remedio ni que nada —dijo Pierre acercándose a la puerta —María está bajo mis ordenes por el resto del día y hay mucho que preparar para el bufet que se va a ofrecer durante el velorio.

María lo miró desafiante y quitándose el mandil le dijo:

—Mi trabajo es atender a todos los que laboran en esta casa y si Manuel quiere que le prepare un remedio, eso es también parte de lo que por costumbre hago aquí—dejó su prenda sobre una silla cerca de la puerta desde donde Juan observaba divertido. —No me tardo, señor Pierre. -Terminó con una sonrisa y salió acompañada de Efraín.

La cara de Pierre se enrojeció, pero no dijo nada. "*India pata rajada, ¿quién se cree? ¡En esta cocina, durante este fin de semana mando yo! ¡Para eso me contrataron!"*, pensó y volteó a darle una maléfica mirada a la cazuela que contenía el mole… *"Ya me las pagarás, me vengaré, voy a orinarte el mole en cuanto tenga una oportunidad".*

Juan no pudo menos que soltar una carcajada al saber lo que Pierre estaba pensando. "¡Pobre María, con todo lo que se esfuerza preparando su rico mole! Pero ahora tengo que seguir a estos dos". Y echando a andar tras de ellos les gritó:

—Espérenme desgraciados! quiero enterarme qué fue lo que planearon para darme chicharrón. ¡Carajo!, y en mi merito cumpleaños. ¡Cabrones! no tienen madre.

Los alcanzó cuando iban cruzando la calle. Ellos entraron al edificio de enfrente y cerraron la puerta tras de sí.

—¿Estás seguro de que no hay nadie más que pueda escucharnos? —preguntó María.

—Segurísimo, solo estamos nosotros en el edificio —respondió él abriendo la puerta del pequeño apartamento que compartía con su primo.

Se sentaron en la pequeña sala donde Manuel ya estaba acomodado en uno de los sillones, con una cerveza en la mano y una gran sonrisa.

El espíritu de Juan se quedó parado junto a él.

Al verlo sonreír a su hijo María preguntó sin más disimulos:

—¿Acaso fueron ustedes? Porque si fue así nadie ha podido descubrirlo. Ni don Joaquín, ni la policía, ni el doctor Rubio. Todos piensan que don Juan debió pararse a tomar aire fresco, que por desgracia se cayó, y que al haber estado tan borracho era inevitable que terminara como terminó.

—En realidad nosotros solo lo pusimos en el jardín boca arriba, pero aún estaba vivo cuando salimos de la habitación. Lo demás estuvo en las manos del destino. —dijo Efraín alzando los brazos.

"Desgraciados! ¡Entonces ustedes provocaron mi muerte! ¡Lo pagarán con sus vidas!" les gritó el espíritu de Juan lanzándoles golpes y patadas inútilmente.

—Ya hace casi diez años que la muerte de Gustavo acabó con la vida de mi hermana Teresa. Tu pobre madre —dijo dirigiéndose a Efraín —terminó muriendo de tristeza por el asesinato de tu hermano. Él era un chico bueno, inocente y su único pecado fue tener una amistad muy grande con la señorita Beatriz. La forma en que su asesino lo molió a patadas y lo aventó a la barranca del Río Chico fue por demás despiadada — y empezó a llorar inconsolablemente

Juan se detuvo y volteó intrigado preguntándose "¿Gustavo? ¿Y ese quién era?"

Sin poder escucharlo María continuó gimoteando.

—Segarle la vida a los dieciséis años en la forma en que lo hicieron fue una injusticia que no podía quedar impune.

"¡Ah! Es el peón aquel del que pensé se había enamorado Beatriz cuando era adolecente", comprendió Juan. "¡Por supuesto que no iba a permitir que mi hija pusiera sus ojos en un indio de pacotilla! Me metí a este juego sucio de la política para asegurar un buen futuro para mi familia y eso incluía que mis hijos tuvieran una pareja digna de su posición, no cualquier pelagatos. Todos los indios son mustios y ladinos" —y blandiendo el puño en el aire agregó —"¡Y si no hay que ver al desgraciado de Carlos! ¡Maldita sea mi suerte que no puedo echármelo al plato, a ese sí que lo mataría lleno de gusto y con mis propias manos!"

Manuel se levantó de su asiento y junto con Efraín rodearon a María amorosamente con sus brazos, y esperaron a que se fuera calmando mientras ella sentía cómo aquella opresión que había sentido por años en su pecho se iba desvaneciendo. Era como si el dique de una presa se hubiera levantado para dejar salir con libertad las aguas de un río hambriento de movimiento y fluidez. Minutos después Manuel volvió a sentarse y ella se limpió los ojos. Suspirando hondamente rememoró:

—Solo porque Gustavo tenía una gran amistad con los hijos de don Juan desde niños, que se fue haciendo más fuerte a medida que fueron creciendo. Unos días antes ya le habían advertido a Teresa, que no era bueno que tu hermano siguiera tan unido a ellos, sobre todo a la niña Beatriz, —le dijo a Efraín —pero mi pobre hermana pensó que eran cosas de chamacos y que no pasaría nada. Tres semanas después Gustavo desapareció antes de la hora del almuerzo y no lo hallaron sino hasta el otro día, muerto en la orilla del río cerca del despeñadero y la cañada.

Hablando suave y despacio agregó:

—Su cuerpo estaba completamente molido, ensangrentado, era solo una masa morada. Tenía el rostro intacto aunque desfigurado por un gesto de dolor, el mismo dolor con el que debió morir el pobre.

María sacó un pañuelo del bolsillo, se limpió las lágrimas, se sonó la nariz y continuó

—Nadie se creyó el cuento de que se había perdido y caído en la barranca durante la noche. De haber sido así su cara habría estado golpeada también. Se rumoreó que era cosa de don Juan pero no había prueba de ello. La pobre Teresa se volvió una sombra pálida y callada, casi transparente.

—Y se movía como si flotara en el espacio de aquel cuarto en el que vivíamos —interrumpió Efraín lleno de tristeza —Fue terrible ver que mi madre dejó de hablar, cantar y bromear cómo siempre lo había hecho pese a la pobreza en la que vivíamos. No volvió a sonreír y ni siquiera se molestaba en comer, aun así tuvo las fuerzas para cuidarme por dos semanas más que fueron un infierno en el que su dolor, su tristeza y un silencio pesado inundaron nuestra pequeña casa. Podría jurar que ella se fue haciendo transparente, quizá con ello anunciando su inminente muerte —concluyó secándose las lágrimas con el dorso de la mano.

Entrelazando las manos en su pecho María retomó la palabra.

—Gracias a dios supimos que había sido don Juan quien mandó matar a tu hermano. Fue un día en que, a casi tres semanas después de su muerte, Matías, que en ese tiempo era jefe de seguridad de don Juan, fue hasta a tu casa para confesar su crimen y pedirle perdón a mi hermana.

"Así que Matías les fue con el chisme. ¡Desgraciado!", pensó Juan desconcertado, "recuerdo que no le gustó nada la idea de matar al indio ese. Si lo hubiera sabido…"

—Y fue un día terrible —intervino Efraín mesándose el cabello con ambas manos —Recuerdo esa tarde, cómo después de habernos recogido de la escuela a mí y a Manuel nos estabas dando de comer mientras mamá intentaba dormir en su cama. Matías llamó a la puerta y te dijo que quería hablar con mi madre para decirle quién había matado a su hijo. Mamá se levantó de inmediato y te pidió que lo dejaras entrar. Al verla, él se arrodilló y llorando le pidió que lo perdonara, y le dijo que nunca había matado a alguien tan joven. Que sabía que iba a ir derechito al infierno pero que no quería que su culpa fuera a extender su castigo hacia la vida de sus hijos. Todo fue confuso entonces, tú empezaste a gritarle y te le fuiste a golpes. El sacó su pistola y te advirtió que no había ido a matar a nadie, que solo quería escuchar que mi madre lo perdonaba.

—Yo sentí tanto miedo al ver la pistola que solo atiné a correr a esconderme debajo de la cama —terció Manuel reacomodándose en su asiento y dirigiéndose a su madre continuó. —Recuerdo cómo me temblaba incontrolablemente el cuerpo mientras veía cómo aquel hombre te apuntaba a la cabeza. Creo que si te hubiera disparado jamás me habría perdonado el no haberte defendido.

—Fue terrible —dijo ella, y tragando saliva continuó sintiendo un nudo en la garganta, —Nos dijo que don Juan le había ordenado que matara a Gustavo. Que lo había amenazado con quitarle el trabajo si se negaba y que le había advertido que él y su propia familia podrían pagar con su vida si no cumplía sus órdenes —y agregó mientras su mirada se perdía en el infinito —Y confesó que lo peor había sido que aun sin estar ahí el patrón para ver que sus órdenes se cumplían al pie de la letra, Matías le había dado a Gustavo exactamente el tipo de "tratamiento especial" que don Juan le había pedido —sollozando, María continuó bajando la voz —Que lo molió a patadas cuidando de no lastimarle la cara y que sentía que había sido un monstruo, pues no había parado hasta que lo vio con todos los huesos rotos y sangrando por la boca, mirándole con un gesto de sufrimiento que nunca antes había visto, ni siquiera en los cristos de las iglesias, y que estuvo sentado frente a su cuerpo durante horas esperando a que muriera, sin tener la piedad de darle un tiro de gracia hasta que sus quejidos de dolor dejaron de oírse. Que hubiera preferido no haber hecho eso, pero que su temor hacia don Juan había sido mayor —terminó María limpiándose las lágrimas que le escurrían por las mejillas.

Sin saber por qué, Juan, que los había estado escuchando con atención, se estremeció al imaginar lo que la cocinera había descrito.

—Mi pobre madre no pudo decir nada —agregó Efraín —sin poder resistir aquello se desvaneció como en cámara lenta, quizá porque en verdad ya su espíritu estaba separándose de su cuerpo. Tú y yo intentamos auxiliarla de inmediato mientras Matías salía corriendo, pistola en mano y gritando que no merecía vivir. Ninguno de nosotros pensó en seguirlo, quizá por miedo a que nos matara ahí mismo.

—Minutos después —intervino Manuel limpiándose las lágrimas que le habían empezado a escurrir por las mejillas —se escuchó el sonido seco de un balazo que me quedó grabado en la memoria para siempre, porque me llenó de terror pensar que ese hombre regresaría para matarnos arrepentido de haber confesado su crimen.

—Fue horrible —recordó María —Aunque pudimos reanimar a Teresa, solo tuvo fuerzas para pedirme que cuidara de Efraín hasta que te hicieras un hombre y volvió a perder el conocimiento para nunca más recuperarlo. Y cuando salí a la calle para ir en busca de un doctor, vi cómo la gente empezaba a rodear el cuerpo inerte de Matías que estaba tirado en la calle en medio de un charco de sangre, tenía la tapa de los sesos destrozada y en su boca la pistola, con la que había terminado quitándose la vida.

Llevándose las manos a la cabeza continuó:

—Lo único que pude pensar fue en ocultar la verdad por temor a que don Juan mandara matarnos a todos. Por eso regresé de inmediato y les pedí a ustedes dos que dijeran que Matías era un ladrón que había intentado robarnos, pero que nos habíamos defendido lo mejor que habíamos podido.

—Pese a que pudimos llevar a mamá aún viva al hospital, murió unos días después mientras me abrazaba. De un infarto, según dijeron los doctores —agregó Efraín secándose las lágrimas y abrazando a María —Espero que mamá esté feliz junto a mi hermano. Yo estoy seguro de que debe estar muy agradecida por el esfuerzo que hiciste para sacarme adelante.

Sintiéndose ligera, María volvió a tomar la palabra.

—¡Gracias dios mío! ¡Ha sido tan difícil cargar todos estos años con este odio! Al morir mi hermana juré que haría todo lo posible por vengar su muerte y la de Gustavo, pero sabía que primero tenía que esperar a que mis muchachitos pudieran valerse por si mismos. Sé que no debí alimentar ese deseo de venganza, pero por más que me esforcé no pude evitarlo, y tampoco pude evitar que ustedes se dieran cuenta de lo que sentía —dijo mirándolos.

—Hubiera sido imposible después de todo lo que presenciamos —afirmó Manuel.

Su madre continuó sintiéndose apenada.

—Hubiera preferido que ustedes no se involucraran, pero mi deseo de venganza era tan fuerte que años después, cuando escuché a don Joaquín comentar que necesitaba contratar a dos guardias de seguridad para don Juan, pues los que tenía se la pasaban con la cabeza en las nubes de tanta marihuana que fumaban, de inmediato le pedí que les diera el trabajo a ustedes, que eran unos hombres jóvenes, sanos, fuertes y sin vicios, y él contento lo aceptó.

—Hiciste bien tía. Sin duda fue una oportunidad que nos dio el destino que seguro entendía que no solo era venganza sino también justicia. Ya ves, gracias a eso pudimos deshacernos de don Juan casi sin tener que ensuciarnos las manos.

—Yo siempre tuve la confianza —aseveró María —de que tarde o temprano don Juan tendría que pagar con su vida todo el mal que nos había hecho. ¡El cielo me perdone pero me alegra que se haya asfixiado con su propio vómito porque estoy segura que sufrió mucho al morir, nomás había que verle la expresión de terror que le quedó en la cara. Y más aún, espero que al llegar al infierno torturen a su alma mil veces para que sienta algo del dolor que sembró en nuestras vidas —concluyó.

"Provocaron mi muerte, todo fue una venganza. O quizá habría muerto de todos modos", reflexionó Juan.

—La gente como nosotros nunca debe perder la fe —sentenció María rompiendo el silencio —Aunque somos considerados casi basura por los que tienen dinero y poder, tarde o temprano la vida les hace pagar lo que deben, en esta vida o en la otra. Yo estoy segura de que el alma de don Juan no tendrá descanso simplemente porque no lo merece —respondió María.

Moviendo la cabeza de un lado a otro Juan pensó. "Si todo esto no es un sueño, seguro María está siendo escuchada por un poder divino".

—Aunque no lo merecía —continuó María —él fue afortunado, porque jamás tuvo la pena de ver a ninguno de sus hijos con hambre o con un par de zapatos agujereados o temblando de frío, sin un abrigo, en el invierno. Mucho menos, verlos en un féretro.

Juan tembló al imaginar a Jaime o a Beatriz dentro de un ataúd.

—Ni tuvo que decidir entre comer una porción completa de comida o sacrificar la mitad para no dejar con hambre a sus hijos. —prosiguió la cocinera —Siempre compró lo mejor para su familia y podía gastarse miles de pesos en una fiesta que bien podría haber alimentado por un año a una familia de campesinos de esas a los que despojó de sus tierras con lujo de violencia.

—O de un obrero, de esos tratados como esclavos y con un salario de risa, de una de los cientos de fábricas que hay en este municipio y cuyos dueños siempre gozaron de la protección de don Juan para explotarlos y salirse con la suya —agregó Efraín.

Quizás por primera vez en muchos años, Juan se sintió avergonzado al pensar en el refrigerador atiborrado de comida y el frutero rebosante que siempre había habido en su hogar desde que él empezara su carrera política.

"Sin duda he sido afortunado. ¿Pero cómo llegó a mí esa abundancia? ¡En verdad nada ha sido fortuito!", se dijo sintiéndose incómodo, comenzando a tomar conciencia de cuánto había cambiado su forma de pensar, de cómo había dejado en el olvido todos los principios de justicia que había enarbolado en su juventud. "Todo el tiempo haciéndome de la vista gorda, ayudando a los empresarios a acabar con todos los derechos que tenían los trabajadores. ¿Dónde quedaron las dos semanas pagadas de vacaciones al año? ¿Dónde el reparto de utilidades anual? ¿Dónde el aguinaldo decembrino que siempre ganaban a pulso con su trabajo? Todo acumulado en unas cuantas manos tan sucias como las mías. ¡Qué tonto! ¿En qué tipo de ser me he convertido?"

—¿Qué será lo que hace creer a una persona que es superior a otros y que puede hacer lo que quiera con sus vidas? —dijo Manuel interrumpiendo las reflexiones de Juan —¿Cómo es que alguien puede llegar a esa conclusión y vivir como si lo que piensa fuera una realidad de la que puede sacar provecho sin sentirse mal consigo mismo? ¿Qué hace a un ser humano inmune al sufrimiento de los demás?

—Hay gente que nace con el alma llena de maldad, o que la aprende de su familia. Son árboles de tronco torcido —sentenció María —Bien puedo imaginar lo horribles que habrán sido los papás de don Juan, asesinos sin duda o al menos ladrones.

Juan sintió un golpe en el estómago. Se sentía terriblemente dolorido de escuchar cómo esa mujer podía hacer un juicio así, tan injusto y a ligera, sobre sus padres. Él sabía bien lo honrados y trabajadores que ambos habían sido y lamentaba que hubieran muerto tan pronto y no hubieran disfrutado de todo lo que él hubiera podido darles.

Mientras María, Manuel y Efraín se quedaban callados cavilando por unos minutos, Juan siguió pensando:

"¿Cómo llegue a convencerme de que mandar a golpear y a matar no es tan malo como hacerlo con las propias manos? ¿En qué cabeza cabe esta idea? ¿Y en qué momento olvidé el valor de un ser humano? ¿Cómo llegue a la conclusión que podía acabar con la vida de una persona? Como sea, yo soy el autor intelectual de esas muertes. ¿Cuántas vidas cercené de tajo? ¿Qué derecho creí tener para hacerlo? Pude hacer mucho por mi municipio si hubiera al menos parado a tiempo. ¡Cómo ciega y engolosina la abundancia! Olvidé ser fiel a mis principios, a los valores que me legaron mis padres y que traté de transmitir a mis hijos. Olvidé que todos tenemos un derecho inalienable a vivir y a hacerlo dignamente".

Poniéndose de pie, María habló interrumpiendo otra vez los pensamientos de Juan.

—Ahora debo regresar a la cocina o ese francés presumido me va a acusar con don Joaquín y no quiero perder mi trabajo, especialmente ahora, que dios le ha hecho justicia a Teresa y a Gustavo.

Luego dio un abrazo a su hijo y a su sobrino y exclamó:

—Por fin viviremos en paz.

—Aquí me quedo, ya más tarde estaré mejor con el remedio de María —dijo Manuel.

Efraín salió con María, seguidos por el espíritu de Juan quien seguía sintiendo un agudo malestar por el juicio tan injustificado que ella había hecho acerca de sus padres.

"No es justo", reflexionó sintiéndose avergonzado. "¿Cómo puede María hablar así de un hombre que trabajó como un esclavo para darme la oportunidad de estudiar, y que yo estúpidamente no aproveché? Él se habría dejado matar antes que robarle un pan a nadie. Y mi madre que siempre que pudo ayudó a quien lo necesitaba. Ni que María haya sido la única persona con buen corazón. Mis padres fueron justos, honrados y unos padres maravillosos. Jamás tuve un mal ejemplo de ellos".

Sumergido en sus pensamientos, había seguido a María y Efraín en forma automática. Pero la voz irónica de Pierre interrumpió:

—¡Ya era hora! —le dijo a María. —Pues ¿qué tanto estabas haciendo? Te tardaste media hora. ¡Y mira nomás qué ojos traes! ¿Estuviste llorando por el patrón? —

—La pena de haberlo perdido. —dijo María con toda seriedad.

—No sabía que lo quisieras tanto —respondió Pierre extrañado —Anda, ponte a trabajar y nada de ir a hacerle favores a nadie más.

—Solo preparo un té de gordolobo para que Efraín se lo lleve a Manuel y me pondré a cocinar de inmediato —le dijo María, quien se sentía tan ligera y contenta que no tenía gana alguna de discutir con nadie. Y pensó *"Hace tantos años que no me sentía tan feliz. ¡Gracias dios mío por dejarme disfrutar este momento de justicia!"*

El espíritu de Juan se encaminó hacia el salón de fiestas. Había varios trabajadores en la sala, empacando todo para dejar el espacio libre para cuando los de la funeraria trajeran su cuerpo. Solo debían dejar algunas sillas para quienes desearan entraran a rezar y acompañar al muerto y las tres plañideras que habían sido contratadas para mantener el dolor y la lágrima viva en forma continua durante toda la noche.

Aburrido, se asomó al comedor donde se encontraba Lola a solas preparando la mesa para el bufet que se iba a ofrecer durante el velorio. Estaba cabizbaja, con los ojos hinchados y llorosos y una profunda tristeza reflejada en el rostro. Juan se acercó a ella. "¿Y 'ora esta por qué llora?"

Dolores interrumpió su tarea, sacó de su delantal una servilleta de lino cuidadosamente doblada y la besó con reverencia.

"¡Juan, Juan de mi corazón! ¿Qué voy a hacer sin verte? ¿Por qué bebías de esa manera? ¿Cómo es que tuviste que morir de una forma tan cruel?" pensaba mientras con discreción besaba las letras JG que estaban bordadas en la servilleta.

Juan se sintió verdaderamente sorprendido, había llegado a la conclusión de que nadie en esa casa tenía una gota de afecto hacia su persona. "Solo el ama de llaves, a fin de cuentas solo una de mis criadas me quería. Vendí mi alma al diablo para terminar solo con esto", pensó.

El pensamiento de Dolores lo interrumpió. *"Fuiste el único hombre en mi vida, siempre te amé, pese a lo que me hiciste".*

"¿Yo?" pensó Juan, "¿y 'ora esta qué se trae?"

Dolores continuó con una tristeza infinita *"Desde que empecé a trabajar aquí hace 15 años aun siendo adolescente siempre me pareciste el hombre más hermoso del mundo, con esos ojos tan adorables que tenías. Fuiste el príncipe azul de mis cuentos".* Entonces bajó los párpados para evocar la imagen de Juan y continuó mientras las lágrimas le inundaban los ojos. *"Yo sé que el día que me violaste estabas borracho y no sabías lo que estabas haciendo, para mí fue triste y muy doloroso pero lo peor fue que más nunca volviste a acercarte a mí, y yo me pasé la vida ansiando ese momento, con la puerta de mi habitación entreabierta por años para que volvieras a hacerlo, deseando que me hicieras un niño para tener algo de ti porque sabía que yo nunca podría ser tu compañera. ¿Qué voy a hacer sin ti?",* se preguntó apretando la servilleta contra su pecho y terminó. *"Desde aquella noche nunca más pensé en casarme o tener una familia, esa noche me robaste la virginidad y el alma".*

Juan se quedó de una pieza sintiéndose realmente incómodo. "Carajo", se dijo con desaliento, "algo más que agregar a todas mis porquerías. Mi vida empieza a parecerme una lata de gusanos. Lo que es una borrachera, no recuerdo haber estado con Dolores en ningún momento, solo recuerdo que cuando empezó a trabajar en la casa era muy bonita". Y reflexionó: "A pesar de todo, ella aún me quiere. Lo que es la vida de curiosa".

Salió del comedor y se fue sentar en una silla en el jardín. Había un ir y venir de gente preparando el escenario para la orquesta de cámara que estaría tocando para amenizar su velorio, pero él ahora solo se preguntaba para cuántos su muerte era un motivo de tristeza y para cuántos otros sería, por el contrario, un motivo de celebración y alegría.

CAPÍTULO 8

En la casa se sentía una tensión curiosa. Había un gran ajetreo, especialmente en la cocina donde en esos momentos se encontraba Juan viendo con tristeza todas aquellas viandas que estaban preparando para el *bufet* de su velorio, "¿Cómo algo que debía ser frugal ha terminado siendo un banquete disfrazado?", se preguntó.

Pierre, lleno de ansiedad y deseoso de halagar a los invitados para escuchar sus comentarios de aprobación, daba órdenes sin ton ni son, sin consideración a que las sirvientas prácticamente no habían dormido la noche anterior.

Tronando los dedos Pierre caminó entre las sirvientas – ¡Vamos niñas! Nos queda poco tiempo para terminar de preparar todos los pequeños manjares de este maravilloso *bufet*. Todo deberá estar listo en el comedor un poco después de que traigan el cuerpo de don Juan, porque seguro para entonces ya habrá un buen número de invitados. Digo, de dolientes —aclaró corrigiéndose.

—A ver vengan para acá —dijo interrumpiéndolas y acercándose a la mesa que había en el centro de la cocina —Vamos a repasar de nuevo la forma en que he organizado todo para poner estas delicias en el salón de fiestas, pero sobre todo cómo iremos reponiendo lo que vaya haciendo falta —se puso una charola vacía en la mano, encorvó la espalda, y bajando la cabeza les dijo —Y no olviden ¡No quiero jorobadas cargando mis manjares —y enderezando el cuerpo, subió la barbilla y caminó con paso ligero—Deben caminar con un porte grácil y suave, así —dijo mostrando la forma en que quería que fueran llevando la comida a la mesa.

—¡Este güero está loco! — le dijo discretamente una de las sirvientas a María —Quiere que caminemos como bailarinas de ballet. ¡Claro, como su charola está vacía! Debería enseñarnos con la charola llena, a ver si es tan fácil como dice.

Pierre continuó:

—Seguro habrá una segunda y quizás hasta tercera tanda, porque la gente estará maravillada con el exquisito sabor de mi comida —y poniéndose las manos en la cintura y echando los ojos hacia arriba agregó —Ni aun cuando vivía en Europa vi servirse un ambigú de esta magnitud en un velorio.

Luego, recorriendo con la mirada a las sirvientas y agitando el dedo índice finalizó:

—Esto es algo más que tendrán que aprender de la civilidad de los países europeos. Seguro que se pone de moda entre ricos y políticos de aquí. Este *bufet* es muy importante para mi futuro —terminó suspirando.

"Que güero tan estúpido", pensó María *"con sus ínfulas europeas no se da cuenta que es solo un triste velorio"*, y sonriendo concluyó *"Aunque viéndolo bien sí que es un día para celebrar la justicia divina"*

El espíritu de Juan, que observaba todo parado entre las sirvientas, solo atinó a mover la cabeza aprobando la conclusión de María, y repitió "un día para celebrar la justicia divina". Después salió de la cocina y empezó a caminar por el resto de la casa. Le asombraba esa atmosfera expectante, agitada, casi alegre que se sentía, como si la gente no tuviera claro qué es lo que pasaría en las horas siguientes, un velorio o una fiesta.

Asombrado vio como por orden de Lucía se habían puesto a enfriar decenas de botellas de champaña, vino blanco y rosado de origen francés y habían llevado al salón de fiestas varias cajas de vino tinto español. Juan sintió que le flaqueaban las piernas al ver que además de los vinos y la champaña, su esposa se había atrevido a ordenar que se sacaran una docena de cajas de wiski escocés que él había comprado como inversión y que, por el precio exorbitante que había pagado por ellas, jamás habría abierto y compartido a menos que fuera para impresionar una persona de alto rango. Como durante el almuerzo, el comedor estaba preparado con mesas llenas de platos de porcelana y cubiertos de plata ingleses, servilletas de lino irlandesas y vasos de cristal de bohemia, pues unas horas antes, después de una discusión que a Juan le había parecido de lo más insulsa, Pierre había convencido a Lucía que era importante que un *bufet* de tal magnitud no fuera servido en trastes comunes y corrientes. Lucía había permitido el uso de las cosas más finas pensando que si alguno de los indios que trabajaban en la casa robaba algo, realmente ya no le importaba, porque tarde o temprano ella tendría que deshacerse de todo si quería empezar una nueva vida en Madrid.

Juan se dirigió al jardín principal de la casa. Había varias mesas con manteles negros, copas, servilletas, varias sillas alrededor y un escenario donde ya reposaban los estuches de los instrumentos de cuerdas para la orquesta de cámara.

"A ver qué tocan estos. Nada como unas buenas cumbias", se dijo suspirando resignado. "Lástima que ahora que soy tan ligero sí que podría bailarme a todas las viejas que vengan, pero ¡Caray! Solo podré bailar con la huesuda", pensó sonriendo irónico y echó a andar hacia el jardín trasero. Todo estaba limpio y en orden, el pasto estaba verde, se veía hermoso, olía a hierba recién cortada y no había rastro del vómito que le había cegado la vida ni del de Pierre. Entró a la habitación en la que había pasado sus últimos momentos. Alguien la había limpiado perfectamente. Asombrado vio que estaba en perfecto orden, Habían reparado el cortinero, cambiado la ropa de cama y las cortinas y rociado con aromatizante de ambiente

"O sea que me asesinaron pero aquí no ha pasado nada", pensó el espíritu de Juan sentándose en la cama. "¡No lo puedo creer! ¡La impunidad con que se comete un crimen! Y cómo ni Lucía, ni Beltrán, ni Joaquín, ni nadie más sospecha lo que en realidad ha pasado. Les fue más fácil acelerar el funeral para terminar de deshacerse de mí". Y repitió, "¡De mí! ¿Y yo de qué me quejo? Hice lo mismo con docenas de personas, no los maté directamente pero pagué para que alguien lo

hiciera y eso no me exime de culpa. ¿Cómo llegué hasta ese punto?",
se dijo llevándose las manos a la cabeza y empezando a sentir repugnancia de sí mismo.

En eso se abrió la puerta. Dolores entró en silencio, traía un pequeño florero con flores y una foto reciente de Juan. Puso la foto y el florero en la mesita que estaba junto al ventanal, se hincó frente a lo que parecía un altar improvisado, rezó un padre nuestro, tomó la foto, la besó llena de ternura y se quedó viéndola con un gesto enorme de tristeza en el rostro. Juan no podía entender cómo aquella mujer que él había violado podía sentir tanta tristeza por su muerte y aún más, pareciera realmente amarlo.

"*Juan, mi querido Juan*", pensó Dolores poniendo la foto sobre su pecho, "*como todo en mi vida, fuiste un sueño. Siempre me la pasé soñando en tener una vida diferente a esta vida de miseria que me ha tocado vivir. Aunque siempre lo deseé no pude ir a la escuela porque desde pequeña tenía que pasar todo el día con mi madre bajo el sol trabajando la tierra para que hubiera un plato de frijoles, tortillas y chile en nuestra mesa. Cuando entré a trabajar aquí, a los quince años, aprendí que la gente puede vivir en forma diferente, tener no solo lo necesario para vivir sino mucho más, hasta el exceso, y mis sueños de una vida mejor se hicieron aún más fuertes*".

Juan se sintió avergonzado de que aquel ser que lo amaba hubiera vivido una vida de total necesidad cuando quizá había estado en sus manos la posibilidad de cambiarla.

"*Tú impresionaste mi corazón de adolescente*", continuó ella mientras le rodaban lágrimas por los ojos, "*eras tan guapo y tu voz era como una extraña melodía que yo aprendí a amar. El día en que me forzaste a entregarme a ti, yo pensé que se abría una puerta de oportunidad para mi vida y soñé con un futuro que fuera si no más digno, sí por lo menos con menos necesidades. Me aferré a la idea de que tú te enamorarías de mí,*", reflexionó gimiendo, "*que me harías el hijo que siempre deseé tener, que por él me pondrías una casa y yo podría llevar a mi madre conmigo y que nunca más tendría que trabajar durante todo el día, haciendo lo mismo sin descanso para seguir viviendo apretada en ese pequeño cuarto de adobe en el que vivo con ella. Te esperé siempre y nunca volviste a acercarte a mí. Pero no dejé de soñar, porque soñar es lo único que la gente de mi condición puede hacer, y se me pasaron los años soñando con el hijo y con la vida mejor que tú podías darme. Contigo, Juan"*, prosiguió dirigiéndose a la imagen de la foto, *"se mueren mis sueños y todas mis esperanzas"*.

Después volvió a poner la foto en la mesa y terminó diciendo con una tristeza infinita:

—Descansa en paz Juan de mi corazón.

Juan se estremeció. La vio secarse las lágrimas con el delantal y salir cerrando la puerta tras de sí, y lo invadió un sentimiento de tristeza enorme. "No, no era amor lo que Dolores sentía por mí. Dolores llora la muerte de su esperanza y de sus sueños. Ella solo tenía ganas de una vida mejor, la que yo y otros como yo le robamos a la gente pobre para poder nosotros vivir en medio del lujo y el exceso. Me pregunto cómo habría sido su vida y la mía si yo no hubiera volteado bandera, porque seguro aun estando en medio del ambiente político que es tan sucio y corrupto hay formas de ayudar a la gente. ¿De qué me sirvió acumular millones en un banco suizo? Al final solo Joaquín saldrá beneficiado".

El espíritu de Juan se levantó apesadumbrado y atravesando paredes salió al jardín principal donde estaba el escenario. A lo lejos, vio que la reja de la entrada principal se abría lentamente. Una pick up negra que servía de carroza fúnebre transportando el ataúd con su cuerpo, y una camioneta blanca entraron y se estacionaron. Joaquín y un chofer vestido de negro bajaron de la pick up y otros dos hombres salieron de la camioneta blanca, abrieron la parte trasera y con trabajo sacaron una base metálica con ruedas que acercaron a la pick up. Entre los cuatro jalaron el pesado ataúd y lo deslizaron sobre la base.

—Patrón —le dijo el chofer a Joaquín —hay que subir tres escalones para meter el féretro a la casa y esto pesa mucho —y rascándose la cabeza continuó —¿Será que puede conseguirse otras dos personas? Así podremos sostener el ataúd mientras alguien sube primero la base.

—Tienes razón —respondió Joaquín mientras se limpiaba las manos con una toallita desinfectante. ¡Hugo! –gritó dirigiéndose al hombre de la garita —Llama a Manuel y Efraín para que vengan a echarnos una mano.

—Ahora mismo patrón —respondió Hugo, y marcó la extensión del apartamento donde vivían los guardaespaldas. —Los necesitamos aquí, ahora mismo —dijo, y colgando el auricular se dirigió hacia donde estaban los vehículos. —Ya vienen —le dijo a Joaquín.

Minutos después, el féretro se encontraba al pie de los escalones. Luego, con un gran esfuerzo y muchos pujidos por fin colocaron el ataúd y la base en la entrada de la casa. *"Este es un elefante"*, pensó el chofer de la funeraria. Juan, que había estado observando todo de muy de cerca solo atinó a pensar "vaya, al menos esta vez solo uno se atrevió a ofenderme".

Lo metieron directo a la sala, donde habían improvisado una capilla ardiente. Habían puesto unas largas cortinas negras, dos lámparas con luces tenues y dieciséis sillas, ocho de cada lado, en tres de las cuales estaban ya sentadas las plañideras que Joaquín había contratado. Tenían sus rosarios y libros de oraciones en la mano y había una enorme caja de pañuelos desechables bajo cada una de sus sillas y algunos de los arreglos florales que ya habían empezado a llegar. En cuanto metieron el ataúd, las plañideras empezaron a lamentarse y llorar a todo pulmón.

—¡Ay dios mío, ¿por qué te lo llevaste si era tan bueno? —gritó la más robusta.

—¡Párenle, no frieguen! Lloren en cuando empiecen a llegar los dolientes —dijo Joaquín tapándose las orejas —Mientras los de la funeraria terminan de arreglar todo aquí, vayan a la cocina y díganle a María que les dé un café y pan para que tengan fuerzas y hagan su trabajo lo mejor posible. *"Aunque por los aullidos que pegaron no creo que lo necesiten",* pensó aguantando la risa, y mientras ellas se dirigían a la cocina él fue hacia el patio. El espíritu de Juan permaneció ahí, entretenido, viendo cómo preparaban ese espacio que era lo único, de toda aquella enorme mansión, que parecía pertenecerle en aquel momento.

Los hombres de la camioneta salieron al jardín para sacar cuatro candelabros metálicos, algunos floreros, ocho cirios, un atril, una imagen de San Juan Bautista y una caja de cartón. Después regresaron, pusieron el féretro en el centro y colgaron en la pared la imagen religiosa. Acomodaron los cuatro candelabros con los cirios en las esquinas del ataúd, los dos floreros a los lados de la cabecera, y a la entrada de la habitación el atril con un libro de condolencias, un pequeño incensario y dos bolígrafos atados al atril con una cadena.

—Es el colmo que tengamos que encadenar los bolígrafos al atril, pero siempre se los roban, sobre todo sin son finos como estos —dijo uno de ellos.

—Se ve cada cosa en estos velorios —respondió el otro sonriendo.

Después salieron en silencio dejando cerca del atril los cirios restantes y la caja de cartón con otro libro de condolencias, cerillos y más cosas que podrían necesitarse detrás de las cortinas, y a Juan sentado en una de las sillas.

Joaquín regresó a la capilla ardiente, abrió la ventanita del féretro por unos segundos y la cerró de golpe echando el cuerpo hacia atrás.

"*¡Ay carajo, pensé que se las arreglarían para quitarte ese horrible gesto de la cara y que te pondrían algo en los ojos para que no se vieran tan saltados!*", pensó impresionado. *"Uf, ¡sí que das miedo Juanito!*". Cuando se repuso de la impresión volvió a abrirla. "*¡Vaya que estabas mofletudo! te comiste al mundo, ¡tragón! ¡Qué bruto Juan, mira cómo fuiste a terminar!*", pensó sin poder evitar una sonrisa. "*Mas vale que esto se quede bien cerradito o habrá uno que otro desmayado*", concluyó cerrando la ventanita y apretando la pequeña perilla con todas sus fuerzas.

Juan se sentía humillado y vulnerable. "Y yo que pensé que tenía a un amigo en ti. No entiendo por qué entonces me ayudaste tanto en la universidad", dijo a Joaquín quien, sin poder escucharlo, observaba el féretro con una sonrisa triunfal.

—Bueno, ahí te dejo Juanito —dijo Joaquín —voy a ver cómo va todo en la cocina y de paso a comer algo antes de que los invitados… que diga, los dolientes, vengan y arrasen con todo.

Seguido por el espíritu de Juan, Joaquín salió de la sala pensando *"cuando terminen de comer te envío a las plañideras que seguro serán las únicas que van a llorarte y eso porque se les ha pagado generosamente para que lo hagan sin parar hasta mañana que termine el sepelio"*.

Juan entretanto pensaba: "Ojalá pronto llegue Jaime, quizá él sea el único que estará sintiendo mi muerte de verdad. Espero que todo esto termine lo antes posible, creo que con lo que he visto tengo más que suficiente".

Se quedó sentado ahí en espera de ver la reacción de Lucía cuando bajara y viera el féretro. Pero después de un rato, le pareció extraño que Lucía no hubiera bajado a visitar la capilla ardiente, por lo que decidió ir a verla a su habitación. Cuando empezó a subir las escaleras, vio al jardinero bajar abrochándose el cinturón con la misma cara de satisfacción que le había visto ese mismo día en la mañana. "Por lo que veo Lucía no pierde el tiempo", pensó lleno de tristeza, ya sin ánimo siquiera para intentar volver a golpearlo mientras Carlos pasaba a través de su espíritu que continuó subiendo sin pensar, como un autómata.

Encontró a su esposa arreglándose el vestido y retocando su maquillaje con rapidez.

—Vamos chica, que no puedes bajar con esa cara de felicidad, hay que disimular un poco —se decía a sí misma mientras practicaba algunos gestos de tristeza frente al espejo.

Él se sentó en la cama observándola con tristeza. Hasta la furia que había sentido unas horas antes, parecía haber ido dejando paso a la resignación. Ella encendió la televisión y puso el video del capítulo de una telenovela en donde había varias escenas de un funeral y mirándose al espejo empezó a imitar las expresiones de dolor de las actrices. Después de varios minutos, cuando ya pareció estar satisfecha metió varios pañuelos negros de seda en su bolso Paco Rabanne, se puso unos lentes obscuros del mismo diseñador y salió de la habitación seguida lentamente por el espíritu de su esposo, quien se preguntaba qué era lo que había visto en esa mujer tan insulsa a la que había unido su vida. "Seguro la elegí porque en el fondo yo realmente era como ella y como dice el dicho, nunca falta un roto para un descosido, ni una media sucia para un pie podrido", concluyó.

Ambos se quedaron a la entrada de la sala, donde Joaquín y Pierre estaban hablando y dando instrucciones a María. Al ver a Lucía, los dos interrumpieron su charla y se acercaron a ella.

—¡Lucía, te ves preciosa de negro! —dijo Pierre con un gesto de compasión tan fingido que hizo reír a las sirvientas discretamente —¡Qué lástima! Bien podrías estar en un desfile de modas y no en un funeral. ¡Qué pérdida, qué pérdida tan grande! — dijo luego abrazándola mientras se le llenaban de lágrimas los ojos.

"¿Pérdida? Perdida querrás decir, güero lágrimas de cocodrilo", pensó *la cocinera "bien que vi que Carlos se le fue a meter a la habitación hace un buen rato. Esta va a dejar que la consuelen todos los que quieran hacerlo, ya sabemos que tiene una cuerda larga, larga".*

—Gracias Pierre, tú siempre tan considerado —respondió Lucía ante el gesto del chef — Cuando tengas todo listo empiecen a poner la comida del bufet en la mesa. Y no olviden poner fuera en el jardín un brasero con una olla grande de café y una mesa con vasos y botellas de ron cubano para cumplir con la tradición y ofrecer el café con piquete.

—¿Comida? —reaccionó Pierre alzando la ceja derecha — ¡Estos son pequeños manjares!, créemelo. Ya tú verás qué felices van a estar los invitados.

—Son gente fina y especial —terció Joaquín mientras se limpiaba las manos con una toallita desinfectante —pero no son invitados, aquí les llamamos dolientes.

Encaminándose hacia la puerta de la biblioteca Lucia dijo

—Voy a estar aquí mientras tanto. La verdad es que no quiero ver el féretro. He llorado demasiado y necesito calmarme o daré un espectáculo con todo el rímel corrido.

Suspirando, Juan la vio meterse a la biblioteca y cerrar la puerta tras de sí.

En eso, Pierre, empezó a dar órdenes con gritos histéricos dirigiéndose a la cocina.

—¡Muévanse niñas, que ya llegan los dolientes! Todo debe estar listo ya, para que empiecen a comer si así lo desean.

María no pudo evitar sonreír, y tomando una charola llena de canapés se enfiló hacia el salón de fiestas garbosa y juguetona pensando *"Estos tres son de la misma calaña, bola de venenosos"*.

—A ver ustedes tres, paren de mover el bigote y ahora sí vayan a llorar como Magdalenas que para eso les he pagado —dijo Joaquín, que había regresado a la cocina, dirigiéndose a las plañideras, quienes disimuladamente se habían robado algunos canapés para acompañar su café y habían escondido unos más en la bolsa de su delantal, a sabiendas de que Pierre no permitiría que los probaran considerando que no tenían un paladar suficientemente fino para apreciarlos. Al salir de la cocina una de ellas se acercó a María, quien regresaba para seguir llevando más comida al salón de fiestas, y le dijo:

—Esos mismos panecitos con carne dulce serían más sabrosos rellenos de pipián o un mole con pollito deshebrado.

—Usted sí sabe lo que es buen comer—le dijo María sintiéndose revindicada.

El espíritu de Juan no pudo sino sonreír y darle la razón a la plañidera. "Ni modo, el que sabe, sabe", se dijo y se quedó junto a la puerta observando el movimiento de la cocina que le pareció de alguna forma divertido.

Después de ver por un rato el ir y venir de las sirvientas preparando las mesas caminó hacia el comedor, donde entró atravesando la pared. Vio que la mesa rebosaba con preciosos y coloridos canapés de pato confitado, *foie de gras*, caviar y otras viandas que sin duda compondrían unos de los bufés más caros que se habrían ofrecido jamás en fiesta alguna. Varias mesitas con platos de porcelana y finas pinzas de plata para que los asistentes se sirvieran habían sido colocadas de modo que la gente pudiera caminar entre ellas con fluidez.

Luego el espíritu de Juan atravesó la pared corrediza para dirigirse al salón de fiestas, donde había una cantidad de bebidas alcohólicas como para que un rico extravagante se diera varios baños de tina con ellas. Ahí estaban, vistiendo un smoking negro, dos meseros que Joaquín había contratado para servir las bebidas y evitar que la gente se sirviera con la cuchara grande, porque era bien sabido que cuando la gente acomodada ve bebida fina gratuita, disimuladamente lo aprovechan al máximo

Finalmente salió al jardín, desde donde vio cómo llegaban los nueve músicos de la orquesta de cámara y su director vestidos de negro, y una soprano de cuerpo robusto, pecho amplio y una cabellera azabache y rizada que le daba hasta la cintura y contrastaba en forma excelente con su piel alba. Todos sonrientes y haciendo una algarabía propia de los músicos de su especialidad, se fueron a meter al salón de fiestas donde los meseros les sirvieron aperitivos de su elección. Juan los siguió y se quedó entre ellos, disfrutando de alguna forma de esa algarabía sincera y espontánea, en donde los comentarios eran acerca de la música y no para burlarse de él o recordar cosas malas acerca de su persona como todo lo que había venido escuchando hasta ese momento.

Entonces Joaquín entró al salón de fiestas, se acercó a ellos y riendo les dijo:

—Cuidado que no se les pasen las copas o terminan tocando el Can Can —agregando para sí mismo *"Que acá entre nos es una de mis piezas favoritas de música clásica"*.

—¡Ni dios lo quiera! ¿se imagina lo mal que se sentiría la familia? —respondió el director.

—¡Sin duda alguna! No podemos ofenderlos —insistió Joaquín pensando con un gesto de seriedad: *"Capaz que Lucía se pone a bailar del gusto que trae de que Juan se haya muerto. Todavía es relativamente joven y desde hoy, millonaria"*.

"Aquí vamos de nuevo con lo mismo, por lo que veo esto va para largo", se dijo Juan resignado y dio un profundo suspiro.

La gente empezó a llegar. Los carros de lujo con vidrios polarizados entraban para dejar a los dolientes cerca del jardín principal y casi de inmediato salían para estacionarse en los alrededores. Los primeros en hacer acto de presencia fueron altos funcionarios del gobierno estatal todos vestidos de riguroso negro, acompañados de mujeres que parecían modelos envueltas en vestidos del mismo color que revelaban discretamente las curvas de sus cuerpos. Todas traían bolsas, zapatos de tacón alto y lentes de diseñador.

El espíritu de Juan caminó hasta ellos. Hablaban casi en murmullos y tenían caras tristes que se iluminaban con una sonrisa en cuanto se enteraban de que había barra libre, a sabiendas de que en esa casa siempre se bebía lo mejor. Minutos después enfiló nuevamente hacia el salón de fiestas. Reinaba un ambiente extraño, la gente bebía relajadamente sus aperitivos y charlaba en voz baja y de repente se escuchaba una que otra risita discreta. En ese momento Lucía hizo acto de presencia. Cuando la gente la vio entrar con su bien practicado gesto de tristeza en el rostro, se hizo un silencio de golpe. Algunos cubrieron con ambas manos sus bebidas, otros las pusieron discretamente sobre las mesas más cercanas y empezaron a rodearla con caras tristes. El primero en dar las condolencias fue Julián Bejarano, el gobernador del estado.

—Mi querida Lucía —dijo al tiempo que la abrazaba estrechamente —Siento mucho lo que ha pasado, es una pena que un hombre aún tan joven terminara así, truncando de golpe toda su carrera política. Jamás dudé que él llegaría a ser presidente. Para mí, un hermano.

"*Un hermano medio bruto, mira que morirse en su cumpleaños y asfixiado en su propio vómito*", pensó. "*Lo bueno es que nos dejas a esta hembra que me la cogería aquí mismo si no fuera porque estamos en tu velorio*".

Juan, que se encontraba a lado de él, reaccionó indignado. "Pinche Julián. ¡Cómo es posible que pienses eso! ¡Se supone que éramos amigos!" Y concluyó con tristeza para sí mismo. "¿Tanto poder y tanto dinero no pudieron comprarme ni siquiera una pizca de consideración y respeto?"

Lucía apartó suavemente su cuerpo del de Bejarano y aguantando la risa pensó "*un minuto más y este termina con una erección.*

¡Y mira que lo tiene grande! Si lo sabré yo. Es un viejo pero bien que sabe cómo utilizar ese enorme instrumento con el que dios lo dotó".

—Gracias Julián, —dijo en cambio con delicadeza —todos sabemos lo mucho que hiciste por Juan y cómo guiaste su talento para que llegara donde estaba, él también te consideraba como a un segundo padre.

"¿Yo? ¿A él? ¿Un segundo padre? No era para tanto", se dijo Juan. "¿Y cómo sabes tú el tamaño del pito de Bejarano? ¿Acaso se lo viste en algún momento?"

Sus reflexiones se vieron interrumpidas por el pensamiento del gobernador. *"Pobre Juan, si hubieras sabido por cuantos de nosotros ha pasado Lucía en los tres últimos años te habrías muerto de un ataque al corazón hace un buen rato. Ella con calentura constante y tú que apenas podías moverte".*

"¿O sea que tú y Lucía? …No puedo creerlo, podrían ser padre e hija", pensó Juan sintiendo un golpe en el estómago. "¿Y los otros? ¿Cuántos? ¿Quiénes? ¡Me lleva la chingada!"

Lucía continuó hablando.

—Juan vivía eternamente agradecido. ¡Y estaba tan feliz con la posibilidad de asumir la gobernatura del estado! Es una pena lo que ha pasado —dijo levantándose discretamente los lentes oscuros e hizo como que se limpiaba las lágrimas con su pañuelo.

La segunda en darle el pésame fue la esposa de Bejarano, Amalia Cortés Becerra, que estaba tan perfectamente maquillada y bien vestida como Lucía.

—Lo siento tanto Lucy —le dijo —debes estar devastada, todos sabemos que Juan era tu vida —y tomándole ambas manos la atrajo hacia ella y le dio un muy leve beso en ambas mejillas, cuidando de que el contacto con el rostro de Lucía fuera mínimo para evitar arruinarse el maquillaje —Pero aquí nos tienes para cualquier cosa que necesites —le dijo, mientras pensaba *"¡Zorra!, cuidado y me dañas el maquillaje, pagué una fortuna esta mañana. Como si no me diera cuenta cómo te abrazas a Julián, bien que sabemos que en los últimos años te has acostado con cada hombre que se te pone enfrente."*

—¡Amalia querida, no sabes cómo les agradezco su presencia! —respondió Lucía separándose de ella y soltándole las manos —Todo esto es como un mal sueño del que apenas voy despertando, y la realidad es realmente demoledora.

Luego, haciendo un puchero, volvió a levantarse ligeramente las gafas y con su pañuelo de seda volvió a limpiarse unas lágrimas que no existían. *"Vaya que te echaste todo el maquillaje encima, o sea que involuntariamente tenemos payaso en la fiesta"*, pensó, *"Lo que habrás gastado, mejor te convendría pagarte una restiradita, bueno a tus años debe ser una restiradota"*, concluyó burlona observándola discretamente de arriba abajo.

—¡Mi querida Lucía! —interrumpió Mario Guzmán, quien era ministro de recursos energéticos y territoriales del estado, tomándola de la mano y envolviéndola en un estrecho abrazo —Tú y tus hijos pueden contar conmigo para todo lo que necesiten, Juan fue siempre como un hermano mayor para mí, guiándome y dándome consejos desde que asumí mi cargo.

"¿Hermanos?", pensó el espíritu de Juan quien ya no cabía en su asombro, *"Cada vez que te pedía que aprobaras proyectos para desarrollos turísticos terminábamos discutiendo. Claro que cuando te decía que alguien de tu familia podría ser socio accionista, a tu nombre, sin pagar un solo centavo de impuestos de por vida, entonces sí siempre cedías, aunque se tratara de reservas ecológicas y parques nacionales"*. Luego reflexionó *"¿Cuánto daño causé al medio ambiente con mis acciones? ¿Y a cuánta gente eché de sus casas y terrenos pagándoles una miseria para construir hoteles y restaurantes? Todo para tener más dinero que a fin de cuentas se quedará en manos de otros.*

Sintiéndose aturdido se llevó las manos a la cabeza.

"¡Vaya que te sienta el color negro, te comería a besos como a ti te gusta! ¡La próxima vez te voy a pedir que te pongas el mismo vestido para hacerte el amor sin que te lo quites, te ves super buena!", pensaba entretanto Mario, mientras discretamente empujaba la parte inferior de su cuerpo contra el de Lucía. *Con la muerte de este panzón me saque el premio mayor, me deja el camino libre para ascender a*

la gubernatura del estado y te deja solita para que yo te consuele. Y aspirando el aroma del perfume de aquella hembra que parecía siempre estar en celo concluyó, *"Tanto que traté de hacerle ver a Bejarano que un tipo mofletudo y obeso como tu esposo, al que ya tenían que ayudarle a amarrarse los cordones de los zapatos, no debería asumir la gubernatura porque físicamente no podría moverse de un lado a otro para hacer una campaña electoral con normalidad. Muchas, muchas gracias, Juanito por haberte quebrado tan oportunamente".*

Disfrutando enormemente de aquel abrazo y sin hacer esfuerzo alguno por soltarse, Lucía pensó: *"No tienes vergüenza Mario, enfrente de tu mujer te atreves a restregar disimuladamente tu miembro contra mi cuqui. ¡Como si no te conociera! Solo porque en la cama eres el mejor de todos los ministros con los que me he acostado, no te doy un bofetón",* concluyó aguantando la risa, *"Además se supone que esto es un funeral, no una de esas tantas fiestecitas de políticos donde uno encuentra cualquier excusa para salir por un momento a echarse un rapidito".*

Juan sintió una profunda decepción, sabía que su esposa había siempre sido una mujer sexualmente activa, quizá más de lo que cualquier otra mujer normalmente podría haber sido, pero nunca se imaginó que fuera capaz de ponerle los cuernos y hacerlo el hazmerreír de todos de esa manera. *"¿Con quién más me has engañado? ¿Cómo fuiste capaz?",* le preguntó lleno de tristeza sin que ella pudiera percibirlo.

Al darse cuenta de lo que estaba pasando, Palmira, la esposa de Guzmán, deshizo con gran delicadeza el estrecho abrazo entre este y Lucía, la tomó de la mano e intentó el mejor gesto de compasión que pudo.

—¡No sabes lo triste que estamos! ¡Hemos perdido a un gran hombre! —dijo abrazándola. *"Su mayor grandeza fue que soportó tus infidelidades, me pregunto cuántos de todos lo que estarán aquí reunidos incluyendo el idiota de mi marido, se han acostado contigo. Eres una verdadera ninfo, ninfo con lágrimas de cocodrilo".* Y concluyó con envidia *"La suerte que tienes. Desde ahora te podrás revolcar con quien se te antoje y además serás millonaria".*

—Gracias Palmi querida, no sé qué haría en estos momentos sin amigas como tú. Esta es una tragedia que marcará el resto de mi vida —respondió Lucía suspirando hondamente mientras pensaba *"¡Qué lista te crees! Traes puesto el mismo vestido que llevaste al funeral de tu cuñado hace cuatro meses. ¡Mira que eres inteligente! usando una bolsa, sombrero y zapatos negros con pequeñas aplicaciones en gris pareciera que tu viejo vestido de Gucci es nuevo. Bueno, al menos eres inteligente porque bonita nunca has sido, con ese cuerpo de barrilito que nunca has podido quitarte ni con las miles de dietas que has seguido. Ni modo Palmi, tú eres el mejor ejemplo para entender que la mona aunque se vista de seda mona se queda".*

Juan empezaba a sentirse realmente asqueado. Estaba a un lado de Bejarano cuando este se enfiló hacia donde estaba el féretro, por lo que salió con él del salón de fiestas sintiendo algo de alivio. Al entrar a la capilla ardiente, que estaba casi en penumbras, la cara de Bejarano perdió el gesto bonachón con el que se había dirigido hasta ahí, y un gesto sombrío se instaló en su rostro. Al verlo, las tres plañideras, que rezaban y lloraban quedito, subieron el volumen de su llanto y de sus rezos lastimando los oídos de ambos.

—¡Párenle, que me van a reventar los tímpanos! —dijo Bejarano con una sonrisa fingida — Está bien que les pagaron para venir a llorarle al muerto pero no sean exageradas. Síganle rezando pero más quedito. ¿Qué tal que lo andan despertando? Déjenlo descansar, que tenga un poco de paz el pobre.

—¡Ni dios lo permita! —respondió la más robusta, que parecía ser la portavoz de aquel grupo de lloronas profesionales, al tiempo que las tres se persignaban.

Bejarano se paró a los pies del féretro, hizo una reverencia bajando la cabeza en señal de respeto, se dirigió hacia el atril y reflexivo escribió algunas palabras a modo de mensaje póstumo. Luego se fue a sentar lo más lejos que pudo de las plañideras, se persignó y por cumplir rezó un padre nuestro, que era la única oración que recordaba. Mientras Juan se acomodaba en una silla detrás que había detrás de él

Al terminar de rezar pensó dando un gran susp*iro "Lástima amigo mío, por mucho tiempo demostraste ser un gran orador, el mejor que he conocido. Tenías una gran habilidad para convencer y hacer que la gente creyera en lo que les prometías, y eso es el oro de la política. Lo mejor fue que entendiste que lo más conveniente es buscar el bienestar de uno y el de su familia y dejar que los demás se jodan".* Y continuó alzando la barbilla y apretando los labios, *"Porque solo así se puede aspirar a vivir con el lujo y la abundancia que gente como tú y yo merecemos. Yo porque nací y crecí entre políticos y gente de mi clase, y tú porque pusiste tu talento al servicio de nuestro sistema político y te olvidaste de andar buscando el beneficio comunitario, que a fin de cuentas no daría lo suficiente para que todos pudiéramos disfrutar de lujos y abundancia. Esas cosas son solo para la gente que nace o se hace superior, Juanito. Y tú, que fuiste capaz de mandar al carajo tus convicciones de justicia e igualdad, te ganaste a pulso tu lugar. Para mí fuiste un gran hombre, aunque hace un tiempo empezaste a tirar todo por la borda",* concluyó. Después reacomodándose en su asiento, cruzando los brazos y cerrando los ojos se quedó en silencio.

Juan no podía entender cómo aquel hombre que se había atrevido a acostarse con su mujer podía albergar en su corazón algún sentimiento noble hacia él.

Unos minutos después, Mario entró a la capilla. Vio por detrás a Bejarano quien cabizbajo parecía haberse quedado dormido sin darse cuenta. El olor que desprendía un pequeño incensario metálico que estaba junto al libro de condolencias, aunado a la poca luz y el murmullo que producía el rezo monótono de las plañideras, creaban una atmósfera densa y pesada.

Mario se paró a los pies del féretro, inclinó la cabeza respetuosamente, hizo una genuflexión con la rodilla derecha, se persignó y fue a sentarse al otro lado de donde se encontraba Bejarano, cerca de las plañideras a quienes hizo una señal poniéndose el dedo índice en la boca para indicarles que pararan de rezar.

Ellas guardaron silencio de inmediato. El espíritu de Juan se levantó de su asiento, se fue a parar frente a Mario y le preguntó "¿A qué vienes? ¿A seguir burlándote de mis mofletes? ¿A agradecerme que te dejé campo libre para la gobernatura? ¿O a darme las gracias porque te dejo a Lucía para que te diviertas con ella en cuanto le echen mi cuerpo a los gusanos?"

Mario, que por supuesto no podía escuchar a Juan, entrelazó las manos, las puso entre sus piernas y dando un gran suspiro pensó *"No somos nada Juan. Hoy lo tenemos todo y mañana podríamos estar en un cajón, esperando a que la gente nos de unos minutos de su tiempo. Es verdad que te veía como un rival en cuestión política, pero de alguna forma te admiraba porque cuando te subías a un podio no había nadie que pudiera igualarte para hacer discursos. Siempre tan vigoroso, tan motivador, tan lleno de convicción. Exactamente lo que necesita la gente de clase baja, alguien que los haga pensar que los guían al paraíso, cuando realmente los están guiando al precipicio".*

Luego se reacomodó en su asiento cerrando los ojos y haciendo un esfuerzo por recordar se preguntó *"¿Qué más?... Mmm... ¡Ah eso sí!, de ti nadie podría decir que no eras generoso cuando organizabas una fiesta, porque siempre ofrecías lo mejor. Eso sí que es algo que debo agradecerte. Como la fiesta de anoche en la casa de Ángela para celebrar a Bejarano, todo estuvo de rechupete, y como siempre con putas de primera".* Y concluyó sonriendo, *"eso sí que vale por lo menos una rezadita",* y luego empezó a rezar el padre nuestro en voz muy bajita y lleno de devoción.

El espíritu de Juan se sentía sorprendido con la actitud de aquel hombre, al que había considerado siempre un dos caras que por un lado le decía cuánto lo admiraba y por otro trataba de convencer a Bejarano de que él no era de ningún modo el candidato ideal para la gubernatura. "¿Quién fue en verdad mi amigo? ¿Quién era verdaderamente leal?", se preguntó suspirando. Luego se levantó y regresó al salón de fiestas donde la gente seguía dándole el pésame y abrazando a Lucía.

Entonces advirtió la presencia de Cutberto Domínguez, el presidente de la sociedad de cadenas hoteleras del país, quien tenía en sus manos un vaso de *Dubonnet* con hielo. Estaba callado y serio junto al ventanal, observando el movimiento de los carros que seguían entrando y saliendo por la entrada principal. Juan, quien en vida le había hecho innumerables favores a los hoteleros, se acercó a él. *"Vaya, vaya, uno tiene que ser un verdadero tonto para morirse en el día de su cumpleaños. Y con todo preparado para echar la casa por la ventana y celebrarlo a lo grande",* pensaba el hotelero sin poder evitar una leve sonrisa. *"Con lo que me chocan los velorios. Pero había que venir en nombre de las cadenas hoteleras. Ni modo, Juan nos hizo muchos favores concesionando terrenos que habría sido imposible tener de forma legal",* se dijo suspirando y continuó *"Media zona costera del municipio nos pertenece gracias a él".*

Cutberto puso su vaso en una mesita, sacó un cigarrillo, lo encendió y dándole una fumada profunda siguió pensando. *"Nunca nos molestaba imponiéndonos reglas y leyes absurdas. Entendía el sistema a la perfección, sabía que los grandes empresarios tenemos los proyectos y el dinero. Que podemos poner en el poder desde presidentes municipales hasta el mismísimo presidente de la república para a través de ellos legitimar cualquier cosa que nos permita hacer negocios con toda libertad. Lástima, hombres como Juan valen su peso en oro".* Y concluyó dándole un sorbo a su bebida, *"a la larga son nuestros negocios los que les dan trabajo y dinero suficiente a los millones de desarrapados de la clase baja para que no se mueran de hambre, y esa es una verdad que todos sabemos".*

—¿Vas a entrar a ver al muerto? - preguntó discretamente a Cudberto su esposa Mariana, acercándose a él.

—Supongo que debo hacerlo, aunque no se me antoja para nada —contestó él empinando el contenido de su vaso —Anda, acompáñame.

—¿Yo?¡Ni de loca! —le susurró ella al oído —Dicen que los ojos se le salieron totalmente de las cuencas, que estaba bañado en su vómito y que le salían gusanos por la boca y los oídos.

"¿Gusanos? ¿de qué hablas? Qué bola de chismosos y exagerados son", le dijo Juan sin poder ser escuchado.

—¿Cómo se te ocurre que entre a verlo? —insistió la mujer.

—¡Qué bruta eres! Aunque así hubiera sido, los de la funeraria debieron lavar el cuerpo y prepararlo para que luzca lo mejor posible. Además, dudo que el féretro esté abierto, anda ven conmigo —insistió Cudberto, y tomándola de la mano con firmeza atravesaron el salón de fiestas seguidos por el espíritu de Juan hacia la capilla ardiente. Cuando entraron a la sala, la densidad del ambiente les golpeó la cara, Mariana se tapó la nariz.

—¡Ya ves! te lo dije, el cuerpo debe estar pudriéndose por eso están quemando incienso —dijo en voz baja.

—¡Calla que pueden oírte! Hay gente adentro. Ven —le dijo jalándola al interior. Las plañideras que estaban en su rincón con el rosario en las manos rezaban en voz baja produciendo un zumbido adormecedor. Guzmán y Bejarano dormitaban. Cudberto carraspeó repetidas veces hasta que Mario se despertó.

—¡Ah caramba, me quedé dormido! —dijo sorprendido despertando a Bejarano que se despabiló, bostezó, estiró los brazos y levantándose dijo:

—Vámonos pa' fuera, estas mujeres con su rezadera me pusieron a dormir.

—Igual a mí —dijo Mario, y se dirigieron hacia la entrada principal de la casa para salir tomar un poco de aire fresco.

"Bueno", pensó Juan, "aquí están mis visitantes tres y cuatro. Una hora después de haber llegado y solo unos cuantos y por obligación han entrado aquí para acompañar mi cuerpo. Los demás siguen disfrutando de sus aperitivos. No quiero imaginar qué va a pasar cuando empiecen a comer y a beber sin parar". Se sentó a observar a Cudberto y a Mariana, quienes estaban a los pies del féretro haciendo todo lo posible por persignarse correctamente ante la mirada atónita de las rezanderas, quienes divertidas se daban cuenta del poco conocimiento cristiano de la pareja. Disimuladamente ella le dio un codazo a su marido y le dijo al oído:

—¡Ya ves, ya hicimos el ridículo frente a estas indias chilapastrosas! Mejor sentémonos allá. — indicó con el dedo índice.

Ambos se sentaron a la derecha de donde se encontraba el espíritu de Juan, opuesto al lugar donde las plañideras seguían con su zumbido monótono de abejas agonizantes.

—¿Por qué no se callan estas? Parecen abejas medio borrachas —dijo ella con una sonrisa burlona.

—Porque para eso les pagan, para no dejar al muerto solo durante el velorio, llorarle y rezarle durante toda la noche.

—Bueno sí, pero que no jodan, con el calor que hace, la peste del incienso, este cuarto en penumbras y su zum zum sí que dan ganas de dormirse. ¿Ya le viste la cara? ¿tiene los ojos de fuera? ¿está vomitado? —preguntó a su esposo.

—¡Si serás bruta! ¿No entramos juntos? ¿Cómo quieres que sepa? Mira, mejor cada uno reza algo en honor del muerto y luego nos salimos, ¿te parece?

—Hace tanto que no rezo que no me acuerdo de ninguna oración completa.

—¡Pero mujer! si vas a la misa de la catedral todos los domingos.

—¿Y qué? A veces es solo un punto de reunión con mis amigas, y si te digo la verdad, nos quedamos en las misas nomás para checar la ropa que traemos puesta y tratar de adivinar, cuando alguien ha dejado de ir por algún tiempo, si se ha hecho la liposucción o un levantamiento facial y para chismear un poco al final.

—Bueno, reza lo que te sepas, ahora déjame concentrar en lo mío.

Aunque casi todo lo que salía de la boca de Mariana le parecía razón suficiente para reírse, Juan no sintió ganas de hacerlo. Salió de la capilla con paso lerdo, atravesó la pared para entrar al comedor y cuando iba caminando frente a la enorme mesa que estaba llena de delicados canapés y otras delicadezas artísticamente colocadas. Pierre entró, dio un gran suspiro y abrió la puerta corrediza que separaba el comedor del enorme salón de fiestas. Todos los que estaban dentro, disfrutando de sus bebidas exclamaron un ¡Ahh! de admiración al ver las mesas. Intentando disimular el orgullo que sentía, Pierre se dirigió hacia ellos con solemnidad.

—Aunque esta situación es por demás triste, doña Lucia quiso que todo lo que estaba destinado para celebrar el cumpleaños de su amado esposo se aprovechara para preparar un bufet especial y así agradecer la presencia de todos ustedes, que han venido a acompañar a la familia en estos momentos tan difíciles —dijo quitándose el gorro de chef y poniéndoselo bajo el brazo y continuó —Yo por mi parte he puesto todo mi tiempo y esfuerzo para preparar un bufet con manjares dignos de un rey, para que estas horas en que le damos la despedida creen un recuerdo inolvidable en todos ustedes que lo estimaron y nos honran esta noche con su compañía. Por eso les pido que hagamos un brindis en su memoria y que participen en esta frugal celebración del hombre que en vida nos dio tanto a todos. ¡Salud por nuestro querido amigo! —terminó el chef alzando su copa e inclinando la cabeza en señal de respeto.

—¡Salud! —respondieron todos al unísono.

La gente empezó a juntarse alrededor de las mesas, Pierre sacó un puñado de tarjetas de su bolsillo y empezó a caminar entre ellos, que con el plato en la mano habían empezado diligentemente a servirse aquella comida que de frugal tenía poco. Seguido por el espíritu de Juan, el chef daba besos en las mejillas a las señoras ahí reunidas y su tarjeta ofreciendo sus servicios e informando a la gente, en voz baja, que este tipo de bufets era lo que se ofrecía en los funerales de los países más ricos e importantes de Europa.

"Ellas poco sabrán que la comida en los funerales se ofrece después de enterrar al muerto, no durante el velorio. Y en realidad no se hace con la ostentación que yo planeé todo esto. Ni modo, yo tengo que aprovechar cualquier ocasión para promover mi excelente cuisinne", pensó.

Las mujeres respondían el beso, abrían sus finos bolsos de mano y metían la tarjeta agradecidas. Todos iban y venían atravesando al espíritu de Juan y él empezó a sentirse abrumado con el creciente murmullo de los halagos a la comida y con el ambiente casi festivo que empezaba a percibirse en el comedor y el salón de fiestas. La gente comenzaba a salir al patio con su comida y su bebida, la orquesta de cámara tocaba piezas de música clásica suave y lenta especialmente seleccionada para funerales y en algunas piezas intervenía la soprano con su voz bien timbrada y triste. Los asistentes comían y conversaban con voz suave, describiendo anécdotas de momentos que habían compartido con Juan hasta hacía unos días. Otros hablaban, cuidando de no ser escuchados por sus esposas, de cómo la fiesta de la noche anterior en la casa de Ángela había sido de primera y de la forma tan desmedida en que Juan había bebido.

De repente entró al comedor Roberto Beltrán, quien iba del brazo de Ángela. Sin poder creerlo Juan corrió hacia allá y se paró a un lado de Lucía.

—Lucía, siento mucho lo que pasó, esta es Ángela. —dijo Beltrán y agregó —Mi esposa.

—Mucho gusto —dijo Lucía extendiendo la mano.

—Siento que nos conozcamos bajo estas circunstancias —dijo Ángela dándole un abrazo breve —Mi más sentido pésame, hablé con su marido en las pocas ocasiones en que vino a nuestra casa por los asuntos de los negocios que tenía con Roberto. Me pareció un buen hombre, lástima que haya fallecido en forma tan trágica —dijo con una sinceridad que asombró a Juan.

Roberto abrazó a Lucía, quien afortunadamente pudo echar unas cuantas lágrimas fuera.

—Siento mucho la pérdida tan grande que has sufrido, tú y tu familia. Por cierto, un carro con chofer estará en el aeropuerto para recoger a Jaime. Joaquín me dio los detalles de su vuelo, espero que no te moleste.

"Tú no das paso sin huarache Roberto, te conozco y me pregunto qué estarás tramando", dijo Juan sin poder ser escuchado y sintiendo una gran incomodidad en las entrañas.

—Se me había olvidado —contestó apenada Lucía. —No sabes cómo te lo agradezco.

—Cualquier cosa que necesiten, cuenten conmigo — respondió él con gran seriedad.

"Va a ser interesante saber por qué trajo a Ángela con él", pensó Juan moviendo la cabeza. "Más de uno de los presentes se pondrá a temblar del miedo ante la posibilidad de que a alguien se le ocurra aclarar quién es Ángela en realidad".

—¿Me permite rezar un rosario por el alma de su esposo? — preguntó Ángela.

—Al contrario, se lo agradecería enormemente. Disculpe que no la acompañe pero quisiera tomar un poco de aire fresco —contestó Lucía abanicando su mano frente a su rostro.

—Gracias —respondió Ángela y dirigiéndose a Beltrán preguntó —¿puedes llevarme a dónde está el féretro?

—Por ahí —dijo Lucía señalando con el dedo. —Sale al hall e inmediatamente verá dos puertas, la de la derecha es la sala, ahí es donde lo estamos velando

—Puedo ir sola —le dijo Ángela a Beltrán —Vuelvo en unos minutos.

—¿No querrán algo de comer o de beber? —preguntó Lucía.

—Yo si —dijo Beltrán —¿y tú?

—Lo haré después de que rece —respondió Ángela dirigiéndose a la puerta mientras Lucía se iba hacia el patio.

Bejarano se acercó a Roberto y le dijo en voz baja:

—¡No jodas Roberto! ¿Cómo se te ocurre traer a Ángela a este lugar? Nos comprometes a todos porque además fue en la casa de ella donde anoche Juan estuvo bebiendo como loco. Y de pilón se la presentas a Lucía como tu esposa. ¡Por favor!

—Nadie conoce a mi esposa, así que por eso no hay problema. Lo siento, pero en cuanto supimos la noticia ella me suplicó que la trajera. Y yo no creo que ninguno de los presentes se atreva a mencionar a lo que ella se dedica —dijo Beltrán tomando un plato y sirviéndose algunos de los canapés que había en la mesa —Todos los presentes han estado en su casa así que estoy seguro de que no corremos ningún riesgo, no te apures. Ella me aseguró que solo quería despedirse de Juan y que en cuanto lo hiciera se iría con algún pretexto. —Tomó una copa de vino blanco y concluyó —No te preocupes Julián. Tú y yo sabemos que ella es una mujer de palabra, por eso acepté traerla. Yo sabía que tenían una buena relación amistosa. Además, pensé que era mejor que se despidiera aquí y no mañana durante el entierro, donde sin duda habrá uno que otro periodista.

Bejarano alzó los hombros, dio un largo suspiro y dijo:

—Ojalá tengas razón.

Juan los dejó pensativos y se dirigió hacia la capilla ardiente, agradecido de que al menos Beltrán no había pensado en lo bien que Lucía se veía, ni mencionado haber estado con ella en la cama.

Ángela estaba de pie a un lado del féretro de Juan, tocándolo con delicadeza. *¿Cómo fue a pasar esto? ¡Y que lamentable! Fui yo quien decidió que tenían que traerte a tu casa. Quizá si te hubiera dejado dormir en la mía aún estarías vivo. Lo siento mucho y espero me perdones si de alguna forma contribuí a tu muerte",* pensó llena de sinceridad y continuó, *"Fue una lástima que terminaras engolosinándote con todo lo que el ambiente político da a manos llenas a quienes forman parte de él. Tanto lisonjeo e hipocresía disfrazados de la mejor comida y bebida, de viajes y concesiones. Acabaste absorbiéndolo todo sin control. Fuimos amigos, o al menos en tus borracheras me hiciste tu confidente".* Ángela tomó asiento y continuó pensando *"Sé que siempre hubo algo más que te hacía sentir miserable pero nunca lo dijiste claramente, a veces decías que eras un marrano, que te dolía haberte traicionado y llorabas como niño, pero al día siguiente nunca te acordabas de eso ni volvías a mencionarlo. Me pregunto si debí indagar qué era lo que te pasaba. En fin",* continuó dando un largo suspiro, *"no hay nada ya que pueda hacerse. Cualquier solución que se halle después de morir no sirve de nada".*

Juan la miró con tristeza mientras pensaba "Pobre Ángela, tú te quedas con la culpa de algo que otros orquestaron, y que a fin de cuentas provoqué yo con mi falta de respeto y empatía."

Ángela sacó un rosario y rezó con verdadera vehemencia mientras las plañideras que habían bajado el volumen de sus rezos la observaban desde su lugar. Al terminar se levantó, se dirigió al salón de fiestas seguida por el espíritu de Juan que se sentía realmente agradecido por aquel gesto sincero, buscó con la vista a Beltrán y salió al patio. Los hombres pretendieron no verla y evitaron cruzar palabra con ella. Cuando encontró a Beltrán disfrutando de su comida y charlando con Lucía acerca de su posible viaje a Miami, se disculpó pretextando una terrible jaqueca y salió a buscar al chofer, quien la llevaría a su casa como estaba acordado. Juan despidió a Ángela con un abrazo que se quedó en el aire.

A eso de las 9:30 casi todos se encontraban en el patio, la orquesta que había empezado tocando piezas de música clásica suave y lenta tocaba ahora, por orden de Joaquín, una tanda de valses de Strauss. La gente estaba aprovechando al máximo la lujosa barra libre que se les había ofrecido. Alguno tenía sobre su mesa una botella de los mejores y más caros wiskis de Juan.

Él deambulaba entre ellos sintiéndose cansado de tanta hipocresía, sentía que aunque la gente siguiera entrando y saliendo de la capilla ardiente para acompañar a su cadáver por unos minutos, en realidad solo una que otra persona lo hacía con la intención sincera de acompañarlo y sintiendo auténtica tristeza por su muerte. Se fue a sentar al patio trasero donde pasó un tiempo pensando en lo que había sido de joven y en la gran oportunidad que había tenido para ayudar a quienes lo necesitaban, quienes a fin de cuentas eran los que realmente pagaban su salario con sus impuestos.

"Ni cómo criticar a toda esa bola de desgraciados hipócritas, si tengo las manos tan sucias como las de ellos. Desde que entré a la política he sido parte activa de un sistema que le ha dado mano libre a la empresa privada, que sin duda puede ser buena en la economía de un país siempre y cuando sea responsablemente regulada para evitar que se sirva con la cuchara grande. Pero como casi todos los políticos, en vez de regular responsablemente relajé casi hasta el olvido las reglas y recibí el dinero y los privilegios que las grandes empresas del municipio me ofrecieron para hacerme de la vista gorda. Dejé que las compañías que potabilizan y distribuyen el agua la encarecieran aún más en el municipio. Es más, he participado sin cuestionamiento en un gobierno que promueve la privatización de las reservas de agua dulce de la nación. Yo que siempre tuve la convicción de que el acceso al agua potable era un derecho humano, que los servicios básicos deberían estar administrados o al menos regulados directamente por un gobierno capaz y responsable. ¿Cuánto daño ecológico promoví con mis decisiones? La parte de la zona costera que era reserva natural ha sido desbastada para crear campos de golf y construir hoteles de cinco estrellas. Casi toda el agua sucia de los hoteles de Cudberto y sus amigos va a dar al mar. La población no tiene más acceso a esas playas por ser propiedad de los hoteles. ¿Cómo les negamos ese derecho? Y por qué nos hemos dedicado a vender la zona costera si hacerlo estaba prohibido en la Constitución. Cierto que los hoteles traen dinero y trabajo al municipio, pero debí regularlos. Siempre me justifiqué diciendo que no era yo sino gente como Bejarano quienes tomaban las decisiones y eso es cierto pero ¿eso cómo me exime? Aun no estando en la parte más alta de este sistema asqueroso y corrupto tuve beneficios enormes y acumulé más de lo que hubiera podido soñar. ¿Cuánto más habría robado si hubiera llegado a la gubernatura? No quiero ni pensar cuánto tiene Bejarano, o lo que tiene el presidente de este país. ¿Cómo es que me dejé envolver de esta manera? Pude haber hecho tanto por los que creyeron en mis palabras y en vez de eso fallé garrafalmente. No en vano la gente ve mi muerte con la indiferencia que la ve".

Los padres Manuelito y Miguelito interrumpieron brevemente sus pensamientos, cuando los vio entrar a la recámara en donde él había muerto. Los dos se besaron y luego, en lo que pareció un momento de conciencia, cerraron las cortinas. Juan no pudo evitar sonreír y volvió a quedarse absorto recordando lo que Ángela había pensado y que le hizo concluir que en realidad en el fondo él nunca había acabado de aceptar el investirse con el traje de corrupto, pero pese a ello no había hecho nada por salirse de ese ambiente, aun cuando tenía ya dinero suficiente para vivir en forma cómoda y desahogada por el resto de sus días. "Se pierde la consciencia y la mesura, es como una enfermedad, entre más se tiene más se desea. ¡Qué estúpido! supongo que es la naturaleza humana", se dijo tratando de inventar una disculpa que en el fondo no alcanzó a convencerlo del todo.

De repente una algarabía, risas y las notas del Can Can sacaron a Juan de sus cavilaciones. Corrió hacia el jardín principal para ver lo que pasaba. Los músicos tocaban sus instrumentos con un gesto de incredulidad en la cara, había un círculo de gente rodeando a Joaquín a quien por primera vez se le veía borracho. Estaba en mangas de camisa, sin corbata, con el pelo alborotado, agarrado de la cintura de la soprano, quien sin poder contener la risa bailaba con él alzando las piernas al ritmo de la música. Los demás los miraban divertidos, marcando discretamente el ritmo de aquella música contagiosa con un pie y la cabeza. Todos intentaban disimular lo divertidos que estaban. Hacían comentarios entre sí. El director de la orquesta se acercó a Joaquín.

—Don Joaquín, ¿está seguro que debemos tocar esta melodía? Me parece un poco alegre para la ocasión.

—A usted no le parece nada, siga tocando y después se echa unas polquitas que para eso le pagamos —contestó Joaquín quien se sentía invadido de una extrema alegría —Además —continuó —estoy seguro que Juan habría estado de acuerdo en que lo despidiéramos con alegría.

Se oyó un murmullo general de aprobación, y el volumen de las charlas se incrementó. Los temas se hicieron variados y hubo quienes empezaron a contar chistes. En medio de todos ellos Juan no podía creer lo que pasaba. Veía pasar de mano en mano las botellas de wiski que con tanto esmero había coleccionado, algunas de las cuales valían lo que un obrero o campesino no vería en un año completo de trabajo. Buscó a Lucía y la encontró en el salón de fiestas platicando animadamente con su hija Beatriz, a quien no había visto hasta ese momento, y con Palmira. También Bejarano y Beltrán conversaban con un vaso de licor en sus manos, ambos se veían algo borrachos.

—Que puntada te aventaste al haber traído a Ángela y presentarla como tu esposa —dijo Bejarano riendo discretamente.

—Ella insistió, como lo echó de su casa anoche se sentía un tanto culpable de su muerte —respondió Beltrán con desenfado.

—A Juan lo mató su exceso y de eso solo él fue el culpable —concluyó Bejarano.

"No fue así," intentó en vano decirles Juan, "no fue el exceso de comida o de lujos. Fue el exceso de poder el que me alienó. Ese exceso que me hizo creer que mi bienestar estaba por encima de todo. Fue el odio que sembré lo que terminó acabando con mi vida, y quizás termine también con las de ustedes."

Después se dirigió hacia la capilla ardiente donde encontró a las plañideras tomando café y comiendo los canapés que habían robado de la cocina aquella tarde. Platicaban animadamente. Las llamas de los cirios se agitaban con delicadeza, el incensario estaba apagado y Juan sintió una gran lástima por aquel cuerpo abandonado que era el suyo y que tan poca trascendencia había alcanzado en el corazón de su familia y de la gente que lo rodeó en sus últimos años. Regresó hacia el salón de fiestas. Todo era como una película muda que se desenvolvía frente a sus ojos: esperaba con ansia que llegara a su fin.

Repentinamente escuchó a alguien gritar en el jardín.

—Pero ¡qué están haciendo!

La algarabía y la música pararon de golpe

—¿Qué está pasando aquí? ¿Acaso no se dan cuenta que esto es un velorio y no una fiesta? ¿Dónde están mi madre y mi hermana? ¡Salgan de aquí todos ahora mismo! ¡Vamos, fuera de aquí! —gritaba Jaime enfurecido y desconcertado.

CAPÍTULO 9

Cuando vio a Jaime, furioso con la escena que estaba viendo en el velorio de su padre, Juan corrió hacia él buscando refugio. "Jaime hijo, gracias por venir, por poner punto final a esta farsa", le dijo intentando abrazarlo, olvidando que ya no tenía un cuerpo físico para hacerlo. Beatriz y Lucía se acercaron presurosas.

—Jaime hijo, tranquilízate, la gente está un poco pasada de copas, solo tratan de despedir a Juan con alegría —le dijo Lucía abrazándolo.

—¿Cómo puedes pensar eso? Esto es prácticamente una fiesta —dijo Jaime poniendo su maleta de mano en el piso.

—Mamá tiene razón Jaime, —intervino su hermana —la gente no ha querido ofender a nadie. Además, cómo vamos a correrlos si son gente tan importante, hasta el candidato a la presidencia vino a acompañarnos a velar a papá.

—¡Precisamente, a velarlo! No a bailar y emborracharse.

—La culpa es mía —dijo su madre con un puchero — Perdóname, pero no la tomes contra los demás que son nuestros amigos y los de Juan.

—Así… es… *mister* —dijo un hombre tambaleándose con una botella de wiski semivacía en las manos —quizá … usted no lo… sea, pero, todos ... los presentes… estamos aquí… para celebrar a Juanito. ¡Así que … no sea … aguafiestas y ... cállese! Muchachos —dijo dirigiéndose a los músicos —que siga la fiesta, échense otra vez el Can Can.

—Juan no tenía amigos, ni familia por lo que veo, —dijo Jaime. Y pensó para sí mismo: *"Solo tiene lo que merece alguien como él"*

Tomando su maleta se dirigió a la casa seguido por Juan, quien se sentía profundamente desconcertado por lo que había oído a su hijo pensar mientras la gente que había bebido de más empezaba a despedirse de Lucía y de Beatriz.

—Siento que todo termine así —escuchó Juan decir a Lucía. —Los esperamos mañana a las doce en el cementerio.

Entretanto, Jaime entró a la sala donde se encontraba el cuerpo de su padre y de inmediato las tres plañideras empezaron a llorar y rezar.

—Por favor —les dijo con suavidad —vayan a tomar un café, quisiera estar a solas por un momento.

Luego se sentó en una de las sillas. El espíritu de su padre tomó asiento a su lado preguntándose si habría forma de comunicarse con él. Jaime pensó *"Pobre Juan, la vida le cobró lo que debía. Lástima, porque yo realmente amaba a mi padre, pero para mí él murió hace mucho tiempo"*. Y sintiéndose agobiado se quedó ahí, con la mente en blanco y viendo el movimiento hipnótico de las llamas de los cirios.

"No entiendo por qué dices todo esto hijo, pero buscaré la forma de aclarar contigo cualquier cosa, estoy seguro de que podré …", estaba intentando decirle Juan, cuando la súbita irrupción de los pensamientos de Jaime lo hicieron detenerse. En la mente de su hijo iba tomando forma una escena que ocupaba el lugar de sus recuerdos:

"Vamos Jaime, es hora de ir a la cama", le dice su padre.
"Pero vas a leerme un cuento y a cantarme una canción".
"Anda, te aprovechas porque sabes que me gustan los cuentos"

(Juan toma de la mano a Jaime y lo lleva a la cama, donde se recuesta con él y le cuenta aquella fábula de Esopo. Al terminar, el pequeño pregunta:
"¿Y porque perdió el cuervo su queso?"

"Porque creyó todos los elogios que le dijo la zorra y se sintió superior, más importante que todos los demás animales".

"¿Y que es un elogio?"

"Es un comentario que se hace para reconocer que alguien hace o tiene cosas especiales o diferentes. Como tú cuando recoges animalitos lastimados y los cuidas hasta que sanan. Un elogio sería decir que tienes un gran corazón o que eres muy bueno"

"¿Y eso es malo?"

"No, no es malo Jaime porque se debe reconocer y estar agradecido cuando alguien hace algo que beneficia y ayuda a otros. Lo malo sería que tú empezaras a creer que por ayudar a esos animalitos tú eres mucho mejor, o que tu vida es más valiosa o más importante que la de los demás cuando en realidad toda la gente vale y merece tanto como tú cuando hace todo lo que puede por ser útil y ayudar.

"Y es por eso que el cuervo perdió el queso..."

"Sí hijo. Pero a veces la gente pierde cosas mucho más valiosas un pedazo de queso"

"¿Cómo qué?"

"Como sus amigos o sus valores morales"

"Yo no cambiaría a mis amigos"

"Y tampoco debes nunca cambiar los valores que te enseñamos"

"¿Cuáles?"

"El respetar a la gente, el compartir lo que tienes, el tratar con consideración a los demás, el amar a tu familia, el siempre ayudar a quien lo necesite y saber que todos, aunque parecemos muy diferentes, aquí adentro – y Juan se pone la mano derecha en el pecho - somos todos iguales y tenemos derecho a la felicidad".

"¿Cantamos?"

"Mejor oramos la oración que te enseñé".

"Bueno"

Y poniendo las manos juntas ambos dicen a dúo:

"Yo soy fuerte y yo soy sano

la vida y mi familia me aman
Yo soy y yo puedo
Yo soy y yo valgo
Yo soy y yo merezco
Yo soy y yo debo
amar y respetar de igual manera
A la naturaleza
A nuestro principio creador
A todos los seres humanos
Y a mí mismo.
Así sea"

Se abrazan, Juan tapa y arropa a su hijo con las cobijas, apaga la luz y sale de la habitación.

Sentado junto a su hijo, Juan escuchó conmovido el recuerdo que se había abierto paso en el pensamiento de Jaime, y dijo, "¿Así es como me recuerdas hijo? ¿Como el hombre íntegro y bueno que formaron mis padres?" Y se preguntó con amargura "¿En qué momento decidí cambiar el rumbo de mi vida y tirar a la basura todas mis convicciones y lo que había aprendido de mi familia?"

Después, dirigiéndose a Jaime le preguntó "¿Y cómo es que me recuerdas de esa forma, si mi muerte no parece conmoverte? Has hecho comentarios duros acerca de mi persona y pareces no sentir cariño alguno hacia mí, cuando de niño fui tu sol. No entiendo lo que pasa.

Las reflexiones de Juan fueron interrumpidas por el pensamiento de Jaime.

"¡Lástima! Hasta los diez años siempre me sentí cerca de mi padre y creí en todo lo que me decía, pero luego se volvió un hombre tan ocupado que difícilmente podíamos verlo aun viviendo en la misma casa. Aunque ese distanciamiento me dolió pude entenderlo, pero después los comentarios maliciosos acerca de su integridad y honestidad que la gente hacía, me llenaron de confusión y hasta cierto punto de temor y por desgracia no hubo tiempo para aclarar nada con

Juan. Y después…", suspiró haciendo una pausa, *"No vale la pena pensar más en eso. Nada puede cambiarse".*

"Como a Beatriz, a ti también te afectaron los comentarios de la gente," le dijo Juan con desaliento y continuó "Perdóname Jaime, Acepto que dejé todos los principios de respeto e igualdad con los que crecí, con los que mis padres me educaron, los mismos que quise inculcarles a ustedes. Fue mi amor por Lucía y en último caso el amor que le agarré amor al dinero, los que me llevaron a olvidarlos. Cuando comencé mi carrera política entré de lleno al juego sucio de robar parte del presupuesto municipal para vivir con opulencia ¿y para qué? Ahora empiezo a entender que nada justifica enriquecerse saqueando los impuestos, un dinero que es el fruto del trabajo de obreros, campesinos, enfermeras, maestros, pequeños comerciantes. Todos los que trabajan están obligados a contribuir con parte de su salario para obras de bien común como escuelas, hospitales, viviendas y para la distribución de gas, electricidad, agua potable y tantas otras cosas que permiten tener una vida decente y digna. Y nosotros, los políticos, tenemos la responsabilidad y el deber de administrar el dinero de los impuestos para bienestar de todos. ¡Para eso nos pagan! No para robárnoslos y rodear a nuestras familias de lujo. Las escuelas del municipio están cayéndose, los hospitales tienen menos equipo médico y personal capacitado por la brutal reducción de su presupuesto que impusimos. ¿Por qué olvidé que la gente tiene el mismo derecho que yo a aspirar a una buena atención médica, a vivir en un espacio adecuado y a que sus hijos tengan una buena educación para aspirar a un buen futuro?"

Las reflexiones de Juan se vieron interrumpidas cuando Jaime, dio un hondo suspiro y pensó *"Al final, fue él quien mostró lo que realmente valía. El día que mandó a… ¡Dios!, Es mejor no pensar en ello!"* se dijo interrumpiendo su pensamiento. Luego sintiéndose realmente cansado se levantó de su asiento, y seguido por el espíritu de su padre, se dirigió hacia el salón de fiestas donde su madre y su hermana hablaban en voz baja con la gente que se había quedado para acompañarlas. Roberto Beltrán estaba entre ellos.

Al ver a su hijo Lucía se levantó apenada y dijo:

—Jaime, hijo, yo sé lo mucho que querías a Juan y en verdad que estoy apenada por lo que pasó, espero que entiendas…

—No te preocupes, quizá exista alguna razón para que el velorio de Juan tomara el rumbo que tomó aunque sin duda fue excesivo —respondió Jaime besando a su madre. —Y a fin de cuentas yo no soy nadie para decir qué se puede hacer o no en esta casa.

—No te entiendo hijo, pensé que estabas indignado, y con razón porque...

—No, no hay nada que entender —dijo Jaime mirándola a los ojos —y no estoy enojado con ustedes, tú trataste de hacer tu mejor esfuerzo. Me gustaría ir a dormir, ha sido un día bastante ajetreado para mí también, además mañana en la noche regreso a Jalapa, mi vuelo sale a las 10 pm, lo siento pero mi trabajo me obliga a regresar lo más pronto posible.

—Pensé que te quedarías con nosotras uno o dos días, tenemos cosas de que hablar y…

—Lo haremos mañana después del entierro, no te preocupes —terminó, y dándole un beso en la mejilla se encaminó hacia la puerta que daba al hall.

—Buenas noches Jaime —intervino Beltrán, quien había estado escuchando todo, caminando junto a él. —Fui yo quien envió el carro que te trajo del aeropuerto, por años trabajé en sociedad con Juan en negocios que han sido muy lucrativos para los dos. Siento mucho la muerte de tu padre —dijo tendiéndole la mano.

—Mucho gusto, le agradezco que haya enviado a su chofer a recogerme.

Juan los escuchaba con interés, preguntándose qué era lo que Beltrán pretendía.

—Si es posible me gustaría hablar contigo, tengo algo que proponerte para darle continuidad a esos negocios.

—Yo soy doctor y no sé nada de negocios, quizá si habla con mi…

—Me gustaría hablar contigo primero —interrumpió el otro.

—Le agradecería que lo hiciéramos en otra ocasión, en verdad me siento verdaderamente agotado —respondió Jaime, solo por terminar con aquella conversación que no le interesaba en lo más mínimo.

—¿Mañana? —preguntó Beltrán mirándolo a los ojos.

—Sí, es posible. Hasta mañana. —respondió Jaime y se encaminó hacia las escaleras.

—Como sea, desde las cinco habrá un carro con chofer esperando para lo que se te ofrezca.

—Está bien, se lo agradezco —contestó Jaime.

"Perfecto, ya me las ingeniaré para hablar contigo", pensó Beltrán mientras lo veía subir.

Juan sintió un golpe en la boca del estómago. Aunque entendía la necesidad que su socio tenía de buscar la continuidad de sus negocios, no le gustaba nada que quisiera involucrar a Jaime. Subió corriendo tras de su hijo, quien ya se encontraba en la habitación.

Jaime recorrió con la mirada aquel espacio lentamente, tuvo la impresión de que todo dentro de esa habitación estaba casi como lo había dejado años atrás. El espíritu de Juan se paró frente a él y le dijo "Ordené que no hicieran cambios en tu habitación, hijo, y que la limpiaran todos los días, porque nunca perdí la esperanza de que algún día regresaras". Sin haberlo escuchado Jaime se puso el pijama, se lavó los dientes, se metió a la cama y cerró los ojos dejando a Juan, quien había estado todo ese tiempo sentado a los pies de la cama, con la esperanza de saber qué era lo que pasaba por su cabeza.

Los comentarios que su hijo había hecho a los demás sobre su muerte hacían sentir a Juan realmente intrigado. "¿Qué fue lo que pasó Jaime? De niño me tenías un enorme cariño y podría decir que me admirabas. No entiendo por qué cambió tanto tu actitud."

Sin poder conciliar el sueño, Jaime volvió a escuchar en su interior la voz de su pasado y empezó a recordar aquel día de verano cuando tenía casi dieciséis años, en que después de comer con su madre y su hermana había ido directamente a la pequeña biblioteca, que estaba a un lado de la oficina de Juan en la parte trasera de la casa, donde solía pasar horas rodeado de sus libros favoritos leyendo o haciendo sus tareas escolares. Recordó cómo al entrar había visto la puerta de la oficina de Juan entreabierta cuando de repente escuchó a su padre gritar con voz de trueno.

"—*¡Es un peón hijo de puta! ¡Gente sin educación ni clase! ¿Cómo se atreve a acercarse a mi hija?*

—*Quizá son solo amigos. Gustavo también es muy apegado a su hijo Jaime —responde Matías temiendo lo peor.*

—*¡Me vale una chingada! ¡No voy a permitir que mi hija se enamorisque de un indio pata rajada! ¡Escabéchatelo! ¡Pero ya! —insiste Juan.*

- *¿Está seguro patrón? Es casi un niño —subraya Matías.*

—*¡Mira, mira, mira! ¡No me hagas pensar que el corazón se te está ablandando cabrón! Ya bastante gente has matado en mi nombre como para venir ahora con que no quieres hacer este trabajito. ¡Si quieres conservar tu trabajo haz lo que te digo y no olvides que en este negocio hasta tu parentela corre riesgos! ¿Lo vas a hacer o le doy el encargo a algún otro?*

—*De acuerdo patrón... se hará... lo que usted... ordene —dice con cierto desgano Matías —Haré este trabajo lo antes posible.*

—*¡Ah! Y me le das tratamiento especial para que a ningún otro indio se le ocurra acercarse a mi hija. Así servirá de ejemplo para todos esos mugrosos —ordena Juan, y continúa: —Asegúrate de no dejarle un solo hueso entero, pero no le toques la cara porque podrías dejarlo inconsciente. Cuida de que quede vivo para que sufra por algunas horas y después tiras el cuerpo desde la barranca del río Chico para que el agua lo arrastre.*

Jaime recuerda cómo horrorizado, temeroso de que se dieran cuenta de que los había escuchado, se había metido rápidamente a la biblioteca sintiendo una mezcla de temor y repulsión hacia su padre y cómo totalmente confundido, pese a los desagradables comentarios que había escuchado acerca de él, optó por pensar que todo había sido un juego de su imaginación; y cómo pasó el resto del día en aquel cuarto, intentando leer sin poder lograrlo hasta que lo venció el sueño.

Tres días después, al llegar de la escuela había visto a su hermana sollozando abrazada a su madre, y a las sirvientas tratando de consolar a María que lloraba inconsolablemente. Sin entender lo que sucedía le preguntó a su madre qué había pasado.

—Encontraron a Gustavo muerto a la orilla del Rio Chico —le había dicho ella —El pobre se perdió desde ayer, parece que le cayó la noche cuando regresaba de haber llevado a pastar unas vacas. Piensan que se desorientó y se cayó desde la barranca al río donde el agua lo arrastró hasta donde lo encontraron unos peones esta mañana.

—Era una masa de carne —había intervenido María gimiendo —Tenía todos los huesos molidos. ¡Cómo habrá sufrido el pobre!¡Era un niño todavía! —había dicho en medio del llanto.

Las lágrimas volvieron a inundar los ojos de Jaime, mientras recordaba cómo desde aquel momento había dejado de tener paz. El saber que no había hecho nada para evitar la muerte de aquel amigo, por quien tenía un afecto especial, lo hacía sentir desleal y miserable desde entonces. A partir de ese día, lleno de frustración y culpa, sintió un gran rechazo hacia Juan y hacia sí mismo.

Enmudecido y sin poder reaccionar, mientras Jaime elucubraba todo esto, Juan podía entender claramente los pensamientos de su hijo evocando aquella terrible jornada.

Inmediatamente, Jaime recordó cómo desde ese momento había comprendido que no podría vivir más cerca de su padre y cómo decidió apuntarse a tantas actividades extracurriculares como pudo para mantenerse fuera de su casa el mayor tiempo posible hasta que, después de rogarle a su madre por meses, esta convenció a Juan para que lo enviaran a estudiar a un internado inglés donde había pasado el resto de su adolescencia, hasta que decidió regresar al país y estudiar la universidad en Jalapa, lejos del seno familiar, y después empezado a trabajar como médico internista en un hospital del gobierno.

"Jamás mi vida ha vuelto a ser la de antes", pensó Jaime clausurando el recuerdo de aquellos dolorosos momentos, *"Y desde entonces mi padre dejó de existir para mí"*.

Sentado a los pies de su hijo, Juan sintió que se hundía en un pozo de asco y vergüenza. "Hijo, tú has cargado con la culpa de la muerte del peón desde entonces," pensó, "Soy el imbécil más grande del universo. Perdóname hijo, te lo pido de corazón", le dijo lleno de tristeza sabiendo que Jaime no tenía ni la más mínima idea de que él, o mejor dicho su espíritu, se hallaba a su lado y era capaz de leer lo que había en su mente. No encontraba palabras para disculparse. "Hijo, Jaime, no sé qué decir, tú sabías lo bajo que yo había caído. Te juro hijo que no siempre fui así. Que todos los principios que quise darte habían sido los mismos principios sólidos que me dieron mis padres", le dijo con la cara agachada sintiendo una repugnancia hacia sí mismo que le quemaba las entrañas.

Después, Jaime suspiró con angustia, volvió a secarse las lágrimas que habían bañado su rostro mientras rememoraba aquella escena dolorosa, y el sueño fue reemplazando a los recuerdos.

Juan se levantó, intentó acariciarle la cabeza y le dijo a Jaime, sinceramente arrepentido

"Perdóname Jaime, nunca hubiera querido sembrar esa culpa y esa tristeza en tu corazón".

Sintiéndose abrumado como nunca antes, se dirigió hacia la puerta, la atravesó y comenzó a bajar las escaleras sabiendo que sería imposible dar marcha atrás en el tiempo para dar un giro a la historia que él mismo había escrito y en la que gente inocente como Jaime y Beatriz pagaban las consecuencias de sus excesos.

El espíritu de Juan bajó lentamente mientras pensaba "Quizás si al menos en el momento en que pude comprar esta casa y los carros y tener suficiente dinero en el banco para asegurar mi futuro, hubiera parado en vez de involucrarme en el lavado de dinero. Cómo me arrepiento de haberme asociado con Beltrán, él quiere continuar sus negocios sucios con la ayuda de Jaime, y dudo mucho que mi hijo desee hacerlo. Ojalá que si Jaime se niega Beltrán lo deje en paz, porque sin duda es capaz de lastimar a mi hijo y eso jamás me lo perdonaría".

Cuando entró al salón de fiestas vio a las pocas personas que se habían quedado para velar su cadáver sentadas junto a las mesas y aún comiendo. Hablaban en voz baja y de vez en vez entraban a la capilla ardiente, pero algunos tardaban más en entrar que en salir, pues sabían que el cansancio aunado al constante zumbido que producían los rezos de las plañideras y el calor que producían las llamas de los cirios terminarían por ponerlos a dormir. En la madrugada, Lucía y

Beatriz se turnaron para subir a dormir un poco. Joaquín, que estaba borracho perdido, dormitaba en el sillón de la oficina de Juan y Pierre roncaba a pierna suelta en la habitación contigua a aquella en la que Juan había perdido la vida. Mientras, María y las sirvientas, llenas de cansancio, seguían atendiendo a los presentes ofreciéndoles café y asegurándose que hubiera suficiente comida en la mesa.

A la mañana siguiente no quedaba un solo doliente en la casa. Un poco antes de las nueve y media, las criadas subieron los desayunos de Jaime, Beatriz y Lucía para despertarlos y que se preparasen para ir al cementerio a darle a Juan el último adiós. Igualmente hicieron con Joaquín y Pierre. Juan miraba todo el ajetreo, agradecido de que pronto acabara todo.

A las once llegaron los de la funeraria en tres carros Mercedes Benz negros y la carroza. Venían en total seis hombres que, con la ayuda de Efraín y Manuel, fueron más que suficientes para cargar el féretro y meterlo a la carroza sin ningún problema. Los guardaespaldas se pusieron al volante de dos de los carros negros, donde en la parte trasera de uno se acomodaron Jaime con su madre y su hermana, y en el otro Joaquín y Pierre.

Juan se sentó en el asiento delantero del automóvil donde estaba su familia, pero antes de que arrancara se bajó, concluyendo que ya había visto y escuchado suficiente y que no valía la pena asistir a su propio entierro.

"Capaz que con lo teatrera que es Beatriz seguro intentará tirarse a la fosa, y si eso pasara me llenaría de frustración no poder empujarla yo mismo y aventar también a Lucía, Joaquín y toda la runfla de desgraciados que se acostaron con mi esposa", pensó mientras veía salir a los vehículos y cerrarse la reja tras ellos.

El espíritu de Juan respiró profundamente y se sentó en una de las sillas del escenario donde había estado tocando la orquesta de cámara, sintiendo sobre su espalda el peso de la consecuencia de sus acciones. Se sentía terriblemente desnudo y vulnerable. Cerró los ojos y suspiró, mientras el calor del sol y el silencio que reinaba en la mansión de alguna forma lo hacían sentir piadosamente reconfortado.

CAPÍTULO 10

Esa tarde, después del entierro, Jaime, Lucía y Beatriz se sentaron a la mesa para comer algo antes de que él se marchara. Las sirvientas se afanaban en la cocina para tenerlo todo listo. Juan sintió una gran tristeza de no poder hablar con ellos, disfrutar la magia de ese momento en que todos compartían la mesa.

"¿Cuándo perdimos todo esto?" se preguntó, "Recuerdo muchos momentos así, hasta que Jaime tuvo nueve o diez años y Beatriz era una parlanchina. ¡Me gustaba tanto escuchar las ocurrencias de mi hija! Y a Jaime platicar acerca de los animales que adoptaba cuando veía a alguno lastimado y de cómo los cuidaba hasta que sanaban. ¡Pobre!, verdaderamente sufría cuando alguno se le moría, siempre ha tenido un gran corazón.

—Por fin se acabó este asunto —dijo Lucía interrumpiendo los pensamientos de Juan —Gracias a dios pudimos enterrarlo, porque habría sido insoportable para todos esperar más tiempo.

—Bueno, ciertamente es terrible esperar más de lo necesario, pero se trata de tu esposo, tu compañero de muchos años —le contestó Jaime un poco molesto reacomodándose en su asiento.

—No es que no lo quisiera, pero no me puedo imaginar alargar una tragedia que ya de por si era bastante dolorosa —dijo Lucía un tanto apenada.

Juan, resignado, solo atinó a mover la cabeza de un lado a otro. Sabía que Lucía había estado en los brazos de Carlos unas horas antes mientras su cuerpo rígido y helado dentro del féretro estaba tendido en la sala de la casa. Estaba convencido que su esposa era incapaz ya de tener ningún sentimiento noble hacia él. Quizá solo lástima, pero pensar eso le dolía aún más.

—Queríamos preguntarte —dijo Beatriz dirigiéndose a Jaime —si estás de acuerdo en que pidamos al notario que se haga la lectura del testamento en dos semanas cuando mamá regrese de Miami porque...

—¿Te vas de vacaciones? —preguntó él a Lucía realmente sorprendido.

—Bueno, esta ha sido una experiencia tan inesperada y tan fuerte que realmente pienso que debo relajarme para ver todo con más calma —respondió ella con la cabeza casi agachada y pensó *"No veo la hora de disfrutar unos días con Carlos. Con todo ese ímpetu y juventud que tiene nos vamos a pasar unos días maravillosos. Después de que Juan se puso tan botijón y se volvió un inútil en la cama, Carlos ha sido una bendición"*.

Al saber lo que su esposa pensaba Juan, humillado, la miró desde su asiento a con una tristeza profunda. Sabía que había terminado fallándole en la cama, pero había preferido pensar que eso no le afectaba tanto como ella se lo había dicho en varias ocasiones.

—¿Qué piensas de lo que te propongo? —insistió Beatriz mientras le daba un sorbo a su martini.

—No pienso nada —respondió Jaime mirándola con gran seriedad —Yo no quiero nada que venga de Juan, no lo necesito. En cuanto llegue a Jalapa iré a tramitar un poder notarial para cederles mi parte a ti y a mamá.

—Nunca he entendido porque insististe en estudiar la prepa en el extranjero y luego hacer la universidad en Jalapa alejándote así de todos nosotros —terció Lucia mientras encendía un cigarrillo. —Sobre todo por qué pusiste esa distancia tan grande entre tu papá y tú si él te quería tanto, me sorprende que no desees nada de él, por lo menos deberías quedarte con alguno de los terrenos que tenía porque en el futuro...

—No vale la pena hablar de eso y definitivamente yo no quiero nada de la herencia de Juan —respondió Jaime—Pero díganme ¿Qué piensan hacer ahora que él ya no está con ustedes?

—Mamá mencionó la posibilidad de que vivamos en Madrid por un tiempo y a mí me gusta la idea, este pueblo bicicletero es demasiado pequeño —dijo Beatriz.

Sin escucharla mientras consultaba su reloj discretamente Jaime pensó *"Es tan tarde, con tanto ajetreo no he encontrado el momento para llamar a Jalapa. Seguramente Fernando ya está en Jalapa, su avión llegaba temprano en la mañana"*

—¡Jaime! te quedaste muy callado —dijo de repente Lucía interrumpiendo su pensamiento.

—Lo siento, —respondió él parpadeando repetidas veces —como ustedes he dormido muy poco en los dos últimos días —contestó apenado y preguntó —¿Van a seguir viviendo aquí? ¿O piensan mudarse a una ciudad más grande?

—En verdad que estás distraído —dijo Beatriz un poco molesta —En resumen, te había dicho que yo odio vivir en este pueblucho lleno de gente ignorante y que me gusta la idea de mamá de irnos a vivir a Madrid —respondió suspirando —¿Te imaginas, vivir en una ciudad tan importante? ¡Me encanta la idea de pertenecer al primer mundo, tan lleno de tiendas de ropa de última moda y zapatos preciosos! — terminó jubilosa.

Jaime miró a su hermana con desconcierto, no hizo ningún comentario y pensó. *"Cómo me gustaría que Beatriz y mamá fueran diferentes. Podría presentarles a mi pareja. ¡Soy tan feliz a su lado! Ya me anda por regresar a Jalapa."*

"Jaime, me da tanto gusto que tengas una compañera, al menos no has estado solo durante el tiempo que has vivido en Jalapa. ¡Me habría gustado tanto conocerla!" dijo Juan con alegría.

María y dos de las criadas entraron en ese momento al comedor interrumpiendo sus pensamientos.

—La comida está lista. Doctor, hice el caldo tlalpeño, las costillas asadas con cebollitas y la ensalada de nopalitos que tanto le gustan por…

—Soy doctor en el hospital —dijo Jaime levantándose para abrazarla —Aquí soy Jaime para todos y en verdad te agradezco, les agradezco a las tres que hayan preparado la comida que me gusta.

—Gracias señor Jaime —dijo María con una gran sonrisa y pensó, *"Qué diferencia, ni parece el hijo de don Juan y doña Lucía. Si se hubiera quedado aquí habría terminado como ellos o como la señorita Beatriz que es tan insoportable y tan grosera con toda la servidumbre"*.

Al saber Juan lo que María pensaba no pudo más que asentir con la cabeza, aceptando que estaba en lo cierto, Jaime era lo mejor de esa familia, insulsa y superficial, que él y Lucía habían formado.

Durante la comida Lucía y Beatriz parlotearon sin descanso acerca de su futura vida en Europa. Por un rato Jaime las escuchó asombrado de que casi no mencionaran a Juan y su plática le pareció de lo más superficial pero no se atrevió a decir nada. Después consultó su reloj y pensó *"Las cuatro, seguro Fernando ya está en el hospital"*.

—¿A qué hora sale tu avión? —preguntó Lucía mientras sacaba una tortilla del chiquihuite.

—A las diez. Pero tengo estar el aeropuerto a las nueve

—Si quieres te puedo llevar—le dijo ella.

—Gracias, anoche Beltrán ofreció poner a mi disposición un carro con chofer desde las cinco.

—El aeropuerto está a media hora de aquí, no necesitas irte tan temprano —dijo su madre.

—Bueno, —dijo Jaime sin muchas ganas de dar explicaciones —hay algo más que quiero hacer de camino al aeropuerto. Es mejor que tú y Beatriz duerman y descansen. Han sido dos días terribles, especialmente para ti —dijo dirigiéndose a su madre —Además tienes que preparar tu equipaje.

Lucía hizo una mueca y dijo:

—No te enojes Jaime, en verdad necesito relajarme.

Él suspiró y alzó los hombros.

Limpiándose los labios con una servilleta Beatriz sugirió:

—Si viene el chofer de Beltrán podemos ir contigo para acompañarte. Él seguro podrá traernos de regreso.

"Eso es lo que yo haría", pensó Juan, que había estado escuchándolos con atención todo ese tiempo.

—No, —dijo Jaime —quiero ir un rato a la cañada para desde ahí ver el atardecer, y en verdad prefiero ir solo.

Ellas asintieron con la cabeza y sin decir más siguieron comiendo mientras él pensaba lleno de tristeza: *"De algún modo necesito pedirle perdón a Gustavo por no haber hablado a tiempo. ¿Cómo pude callar lo que escuché ese día en que mi padre ordenó su muerte? Nunca entenderé por qué en vez de hablar, preferí asumir que la conversación entre Juan y Matías había sido producto de mi imaginación, que Juan pese a los comentarios que yo había escuchado, realmente no sería capaz de matar a nadie".* Suspiró y siguieron comiendo en silencio.

"¿Por qué tienes que pedir perdón por algo que yo hice? Fui yo quien falló. Yo quien a final de cuentas asesiné a Gustavo y a no se cuánta gente más. No es justo, tú has cargado con una culpa que no te corresponde. Perdóname", dijo Juan sin que su hijo pudiera escucharlo.

Cuando terminaron de comer, Jaime se disculpó y fue a meterse a la pequeña biblioteca que estaba junto a la oficina de Juan, quien lo había seguido sintiéndose abatido y avergonzado. Quería encontrar la forma de comunicarse con Jaime, de aclarar las cosas, pedirle perdón y convencerlo de que no renunciara a su herencia porque tenía la seguridad de que él podría hacer algo mejor con todo ese dinero. Sabía que aun con todo lo que Joaquín le robaría irremediablemente, habría suficiente para que vivieran bien y Jaime pudiera ayudar a la gente que lo necesitara si así lo deseaba. De otro modo su hija y su esposa lo derrocharían en lujos innecesarios. Además, Juan pensaba que la negativa de Jaime para hablar con Beltrán podría causarle problemas, lo conocía demasiado bien y sabía que no iba a perder un negocio fácilmente.

Jaime se sentó en un sillón cerca de donde había un teléfono, descolgó el auricular y empezó a marcar un número. Juan tuvo el impulso de escuchar la conversación de su hijo, pero se contuvo porque sintió que era una falta de respeto.

—¡Fernando! —dijo Jaime lleno de júbilo y continuó —Qué gusto que ya estés de regreso, no imaginas como te he extrañado, la vida sin ti no es igual.

Juan hizo un gesto de sorpresa, sin pensarlo se acercó y puso su oreja junto a la de Jaime. Del otro lado se escuchó una voz varonil de acento extranjero con un timbre suave y agradable.

—¡Jaime!, han sido dos semanas demasiado largas. No me gusta separarme de ti, pero no tenía más remedio que regresar a Cuba. Mi madre había insistido tanto que ya no podía seguir retrasando ese reencuentro, después de casi dos años negándome —le dijo a Jaime. Y continuó —Fue una sorpresa no encontrarte esta mañana en el aeropuerto y lo fue aún más llegar a casa y ver tu nota en la mesa y tu celular en la habitación. Siento mucho que tu padre haya muerto. ¿Cómo te sientes? ¿Cómo está tu familia? ¡Quisiera tanto estar a tu lado!

Jaime suspiró y respondió:

—Pensaba llamarte hoy al mediodía, pero no fue sino hasta llegar al aeropuerto que me di cuenta que había dejado mi celular en casa, y tuve que esperar hasta ahora porque sabía que ya te podía localizar en el hospital. Tengo tantas ganas de verte, de estar en tus brazos. Te amo —dijo al tiempo que se le encendían las mejillas y se le iluminaba la cara.

Sorprendido Juan dijo "Jaime, hijo, yo no sabía que tú…. Siempre pensé que te casarías y tendrías hijos y… ¿cómo puede ser esto?"

—Estarás bronceado de tanto sol —dijo Jaime.

—Y tú estarás bromeando —contestó Fernando —Yo no puedo ser más negro de lo que soy.

—El hombre negro más amado de este mundo —respondió Jaime con una expresión dulce en los ojos.

Sin atinar que pensar, Juan no salía de su asombro.

—Iré por ti al aeropuerto —dijo Fernando.

—Mi avión sale a las diez. Estaré feliz de verte. Te amo —concluyó Jaime y colgó el auricular. Se levantó de su asiento y dio una ojeada a los títulos de los libros que lo rodeaban, tomó uno que tenía la pasta y las hojas maltratadas y amarillentas, lo abrió y leyó el título. "Fábulas de Esopo", sonrió con ironía y pensó *"Todo era una farsa, Juan solo pretendía ser un hombre íntegro pero estoy seguro de que nunca lo fue. Lástima, porque mis abuelos eran tan buenos que es difícil creer que Juan terminara siendo un hombre cruel y deshumanizado. Siempre se hizo pasar por un buen padre y persona ejemplar, me mintió todo el tiempo".*

Juan se quedó parado junto a su hijo, callado, viendo aquel libro que él mismo le había comprado y leído tantas veces cuando era pequeño. Aquel libro del que tanto quiso que aprendiera.

Jaime regresó a la casa con Juan a su lado, y se dirigió a la cocina donde encontró sola a María, quien lucía agotada.

—Te ves cansada—le dijo – deberías descansar un poco.

María, limpiándose las manos en el delantal, dijo:

—Desde el sábado en la madrugada hemos estado de pie, durmiendo a solo ratos porque había que preparar la fiesta para celebrar el cumpleaños del patrón. Mandé a las demás a descansar porque no podían con su alma. Yo solo estoy viendo que todo quede limpio y ordenado y después iré a dormir un poco. ¿Se le ofrece algo don Jaime?

—Nada de don, soy Jaime, el mismo que siempre disfrutó tu caldo tlalpeño y tu ensalada de nopalitos —le contestó abrazándola con cariño. — ¿Dónde están mi madre y mi hermana?

—Arriba, durmiendo. Doña Lucía me pidió que las despertara antes de que usted se vaya.

—¡Qué va! Yo lo haré. Tú ve a descansar, aún falta una hora. Voy a prepararme una limonada, y me sentaré a leer un poco en la mesa del jardín.

—¡Ahora mismo se la preparo! —dijo María solícita.

Tomándola de la mano y encaminándola hacia la puerta, él respondió:

—Nada de eso, aunque no es mi casa, aquí mando yo. Tú te vas a descansar que bien lo mereces.

—Está bien Jaime, donde manda capitán no gobierna marinero. Que tengas un buen viaje y mucha felicidad en la vida. Te lo mereces —contestó al tiempo que se enlazaron en un abrazo lleno del cariño que siempre había existido entre ellos.

Juan, quien había observado todo desde cerca, suspiró con tristeza deseando ser él a quien Jaime abrazara de esa manera.

Seguido por el espíritu de su padre, Jaime subió a su habitación procurando no hacer ruido, y empacó sus cosas pensando "¡*Todo pudo ser tan distinto!*" Bajó con su maleta, su chamarra y un libro en la mano y las dejó a un lado de la puerta. Luego regresó a la cocina donde preparó una jarra de limonada y se sirvió un vaso. Se dirigió al jardín, puso el vaso en la mesa, tomó asiento y empezó a leer en silencio.

Juan, que lo había estado siguiendo todo el tiempo, se sentó frente a él y no pudo sino sentirse orgulloso de aquel hombre responsable, noble e independiente que era su hijo.

"¿Cómo puedo aspirar al amor de alguien tan opuesto al hombre cruel, egoísta y alienado que terminé siendo?", se preguntó y se quedó en silencio.

Una hora más tarde Juan estaba junto a su hijo mientras este se despedía de su madre y su hermana cerca de la entrada de la casa, donde un carro con chofer estaba ya esperándolo.

Jaime se acercó a la ventanilla del carro y preguntó al chofer:

—¿Tienes otro juego de llaves para el carro?

—Si, patrón —respondió el chofer —pero están en las oficinas del señor Beltrán. ¿Para qué las necesita? Yo estoy aquí para llevarlo adonde usted mande.

—Lo sé, y te lo agradezco —le dijo Jaime y prosiguió —Me gustaría ir a la cañada un rato antes de ir al aeropuerto. Quiero estar solo. Puedo dejar el carro en el estacionamiento y en cuanto llegue a Jalapa envío las llaves por paquetería.

—No lo sé patrón, déjeme llamar al señor Beltrán. No creo que haya problema, pero prefiero hacer las cosas como él manda. Deme un momento —le dijo y caminó hacia el carro mientras buscaba el número de su jefe en el celular. Juan lo siguió y pegó su oreja al teléfono.

Segundos después se oyó un carraspeo.

—Diga —dijo Beltrán con desgano al otro lado de la línea.

—Patrón, el señor Jaime no quiere que lo lleve al aeropuerto. Dice que quiere ir a la cañada primero y estar solo. Me pide que le dé las llaves del carro y dice que dejará el carro en el estacionamiento del aeropuerto y que en cuanto llegue a Jalapa le enviará las llaves por paquetería. ¿Qué hago?

—¿Cómo que qué haces? ¡Dáselas! Mucho mejor para mí —respondió Beltrán sin agregar nada más.

Juan sintió un golpe en el estómago.

—Como usted diga patrón —dijo el chofer, y metiéndose el teléfono al bolsillo regresó adonde se encontraba Jaime —El patrón dice que no hay problema don Jaime. Aquí tiene las llaves —dijo estirando la mano para entregárselas.

—Gracias, en verdad se lo agradezco —dijo Jaime con una sonrisa.

Entonces besó y abrazó a su madre y a su hermana, metió su pequeña maleta en el carro y subió seguido por Juan, quien comenzaba a sentir una inquietud creciente. Al pasar junto a la garita de Hugo, Jaime agitó la mano y se encaminó hacia la cañada por donde pasaba el río Chico, a cuyas orillas había aparecido el cuerpo de Gustavo, aquel peón que había sido un amigo muy cercano al que le había tenido un afecto especial durante su infancia y su adolescencia. *"Me tomará menos de veinte minutos llegar a la parte baja de la loma y otros veinte subir hasta la orilla de la cañada"*, pensó Jaime. *"Sé que nunca volveré a este lugar pero necesito, de alguna forma, pedirle perdón a Gustavo porque aun cuando tuve la posibilidad de evitar que lo mataran, simplemente no lo hice y he vivido con el alma llena de remordimiento desde entonces. Ha sido horrible cargar con este sentimiento de culpa por tantos años"*. Tragó saliva, apretó las manos en el volante y continuó pensando. *"Fue terrible que Gustavo haya muerto de esa forma tan cruel y artera y aún siendo casi un niño. El día en que él murió, murió también mi padre. Ese hombre fuerte al que tanto amaba y admiraba y que tantas veces me dijo que nunca olvidara el valor de cada ser humano; que tanto hablaba de igualdad y justicia. Ese héroe de mi infancia se derrumbó aparatosamente en mi corazón cuando supe que Gustavo había muerto".* Tuvo que estacionar el carro a la orilla de la carretera por un momento pues las lágrimas no le permitían ver el camino con claridad.

Juan se sintió como un gusano. Jamás habría podido imaginar el daño que sus acciones habían causado a su propio hijo. Era lo último que hubiera deseado en la vida, condenarlo a sentir el peso de la culpabilidad de algo que era únicamente responsabilidad suya.

"¡Dios mío! ¡Cómo se puede perder el rumbo en la vida de esa manera! ¿Cuándo y por qué renuncié a ser lo que era para convertirme en un monstruo?" se preguntó, y vino a su mente la conversación que había tenido con Bejarano unos días antes de renunciar a su trabajo en el bufete de abogados donde había conocido a Lucía.

Eso había ocurrido cuando sintió la necesidad de formar un hogar con Lucía. Por aquel entonces Juan, pensando en la forma de hacer más dinero, decidió visitar a Julián Bejarano, quien había sido rector de la universidad donde él había estudiado. Bejarano era ya para entonces Secretario de Comunicaciones del Estado. Cuando pidió cita para verlo jamás hubiera pensado que el ingeniero se acordaría de él y mucho menos que lo fuera a recibir. Sin embargo, tres días después estaba ahí, a la puerta de su oficina.

Tocó con timidez.

—Adelante —le había dicho Bejarano abriendo él mismo la puerta —¡Vaya, vaya! ¡Ni más ni menos que el joven Gallardo López! Dígame en qué puedo ayudarlo. Digo, porque viene a pedir ayuda ¿o no? —preguntó alzando la ceja.

—Así es —contestó Juan casi en un murmullo y con la cabeza baja.

—¿Y qué es lo que puedo hacer por usted?

—Yo…señor ingeniero, quería ver si tiene algún trabajo para mí. Por desgracia no he podido titularme y como pasante no veo cómo podré formar un hogar un día...

—¡Ah, por ahí va la cosa! Así que está usted enamorado, vaya, vaya, lo que no pudo la razón y la lógica lo han podido unas faldas. Así somos los hombres Juanito, cuando se nos mete una hembra entre ceja y ceja no hay poder humano que nos convenza. ¿Cómo se llama?

—Lucía —contestó Juan en voz casi inaudible.

—Tiene usted suerte Juan, porque la licenciada que es mi secretaria de prensa necesitará permiso de maternidad en cuatro meses, y yo sé que si ella lo entrena durante ese tiempo usted tendrá la capacidad para reemplazarla. Como se lo dije hace unos años, yo puedo abrirle las puertas del éxito político pues sé que usted tiene la hechura para sobresalir —Bejarano se sentó en su escritorio al tiempo que le hacía un gesto cordial invitándolo a que tomara asiento frente a él —Pero hay cosas que deben quedarle claras antes de que hagamos trato alguno. Aquí Juan, uno aprende que muchas veces hay que ensuciarse las manos, meterlas dentro de la porquería, y una vez que uno se involucra no hay vuelta para atrás. La fidelidad y la discreción son las cualidades más altas porque no practicarlas puede pagarse con la vida, la de uno y la de la propia familia.

—¿Por qué? Si solo es un trabajo -preguntó Juan abriendo los ojos con sorpresa.

—Esta es otra historia, porque aquí se mueven muchos intereses, Juan —lo interrumpió Bejarano, y continuó —¿Usted qué piensa? ¿Que un político se convierte en un cerdo odioso solo porque sí? No Juan, todo tiene un precio y en este tipo de trabajo todos los privilegios que conlleva tienen un precio muy alto —Y luego con un gesto de resignación Bejarano agregó —Se sufre, Juan, hasta para ser un cerdo se sufre —y caminando hacia la ventana de su oficina y recargándose en el dintel insistió —Pero no se preocupe, que si no rompe la lealtad vivirá para ver a sus nietos, que tendrán la oportunidad, como sus hijos, de vivir una buena vida, rodeados de lo mejor. Aquí tiene mi tarjeta. Piénselo y si está completamente dispuesto a entregarse con lealtad al sistema, pues cuente con un trabajo donde no solo tendrá buen dinero sino también la oportunidad de ascender. Y de su título ni se preocupe, que ese lo tendrá en sus manos tan pronto como empiece a trabajar conmigo, de eso me encargo yo —terminó aproximándose a Juan, y poniéndole la mano en el hombro lo guió directamente a la puerta, donde lo despidió con un fuerte apretón de manos.

—Ojalá que acepte. Siempre he creído en su potencial. —le dijo y concluyó —Pero recuerde: entrega total sin marcha atrás.

Juan titubeó antes de darle una respuesta.

—Gracias ingeniero —dijo finalmente con firmeza —Lo voy a pensar seriamente, créamelo.

Se metió al elevador sintiéndose extrañamente ligero y canturreó unas líneas de la canción "Piel Canela" que era una canción que Lucía a veces le cantaba. Se sentía como si otra vez tuviese el control de su vida en las manos y la posibilidad de un futuro mejor a su lado. "Lo comentaré con ella", pensó, aunque sabía de antemano cuál sería la respuesta.

Dos días después Juan llamó a Bejarano.

—Buenos días ingeniero —le informó —Ya pensé cuidadosamente lo que hablamos y he decidido que trabajaré para usted tan duro como pueda, en los términos que me explicó.

—Es usted un hombre inteligente Juan, nunca tuve duda de eso —le respondió el otro agregando —Si usted quiere puede empezar ya, crearemos una nueva plaza así tendrá tiempo de aprender de Sandra antes de que se vaya a parir. Y no se preocupe que cuando ella regrese usted tendrá algo mejor para que nadie se enemiste. Y por su título de la universidad, ahora mismo llamaré a la rectoría, seguramente quedan algunos de los títulos en blanco que hacen firmar al rector a principios de cada año lectivo y que en vez de destruirse se guardan para ocasiones como esta o de plano para venderlos. Y si no, pediré que me envíen uno para firmarlo. ¿Ve? Este es el primer secreto que le comparto.

—Le agradezco su confianza ingeniero, ahora solo necesito dar aviso a… —respondió él viéndose de nuevo interrumpido.

—Nada, Juan. Hoy mismo renuncia y mañana lo espero a las 9 aquí en mi oficina.

—Está bien ingeniero, se hará como usted diga —contestó Juan convencido.

—Vamos a tener una relación excelente, Juan, ahora ya no lo dudo. Hasta mañana —concluyó Bejarano colgando el auricular.

Juan colgó lleno de felicidad. Fue a la oficina y se acercó a Lucía con discreción.

—¿Quieres casarte conmigo? —le dijo quedito al oído.

—¡Aceptaste el trabajo! —le contestó ella con una sonrisa.

—Si, empiezo mañana mismo, solo vine a renunciar.

—¿Y qué le vas a decir al jefe? No va a estar nada contento —dijo ella.

—Que se vaya al carajo, ya no podrá usarme a sus anchas. Ahora mismo voy a hablar con él.

Lucía lo abrazó llena de felicidad.

—¡Por supuesto que acepto! —le dijo cubriéndole el rostro de besos.

—¡Órale!, ¡órale! que estamos en la recepción —dijo Gloria, la otra secretaria.

—¡Vamos a casarnos muy pronto! —respondió Lucía con una sonrisa radiante.

—¡Felicidades! —dijo entonces Gloria parándose para dar un abrazo a ambos.

—¡Estoy tan feliz Juan, que me dan ganas de abrir la ventana y gritarlo a los cuatro vientos!

—Para, loca, que te van a echar del trabajo —dijo Gloria sonriendo.

Minutos más tarde Juan salió del edificio, su jefe había hecho un gran berrinche y había amenazado con demandarlo por no haberles dicho que planeaba renunciar y dejarles el trabajo tirado sin darles tiempo para encontrar un substituto, pero Juan se sintió seguro de lo que estaba haciendo, convencido de que el poder de Bejarano era mayor que el de un bufete de abogados. Ese fue el primer momento en que disfrutó las mieles del poder.

Esa tarde se encontraron en la calle frente al edificio. Ella corrió hacia él llena de júbilo. Fueron a comer y después caminaron horas por el centro, entrando a tiendas lujosas a ver ropa y muebles y haciendo planes. Juan se sentía feliz como nunca, era como si las puertas de la fortuna se hubieran abierto de par en par y sentía una seguridad enorme en su futuro.

Dos meses después, Bejarano, lleno de gusto, no solo apadrinó el matrimonio de Juan y Lucía sino que también les regaló un departamento de seguridad social con todo y escrituras. Sabía que Juan era un diamante en bruto y que algún día mostraría su propio brillo, pero por el momento eran él y su partido los dueños de su habilidad y eso le llenaba de satisfacción.

Por su parte, Juan y Lucía disfrutaban enormemente de su buena suerte. No pagar renta les permitió empezar a comprar ropa cara e ir a restaurantes de buena calidad. Él empezó a cambiar, a volverse ambicioso y enfocarse en satisfacer las necesidades materiales de ambos. Y la personalidad desparpajada y completamente materialista de Lucía alimentaba aquella transformación. El joven estudiante de leyes noble, empático y honesto fue desapareciendo con los años.

"Solo cuando mis hijos eran pequeños", se dijo a sí mismo recordando aquellos días, "intenté recobrar los valores con los que crecí, pero al final me fue imposible"

En ese momento Jaime terminó de limpiarse los ojos en los que aún brillaba una lágrima y arrancó el carro, interrumpiendo los pensamientos del espíritu de su padre, y comenzó a conducir en silencio.

Sentado al lado de su hijo, Juan sentía que se hundía en un pozo de asco y vergüenza y no encontraba palabras para disculparse. "Hijo, Jaime, no sé qué decir, tú sabías lo bajo que yo había caído. Te juro que no siempre fui así. Que todos los principios que quise darte habían sido los mismos que me dieron mis padres", dijo con la cabeza agachada. Sintiéndose abatido, intentó recostar su cabeza en la ventanilla. Cuando vio por el espejo lateral las dos camionetas negras pick up con vidrios polarizados que los seguían a lo lejos, se sintió invadido por un miedo indescriptible. Prácticamente estaban en despoblado, a las faldas de la loma desde donde se veía la cañada.

"Es Beltrán", pensó, "ese desgraciado no va a dejar en paz a Jaime hasta que le saque lo que necesita para continuar con el negocio de las casas de cambio. Por supuesto que no se iba a quedar tranquilo con la respuesta escueta que le dio Jaime anoche. "¡Dios mío, por piedad cuida a mi hijo! Permite que me escuche, necesito prevenirlo, decirle que es mejor que le siga la corriente a Beltrán hasta que esté en un lugar seguro", dijo y se dirigió a Jaime. "Hijo, Beltrán y sus hombres vienen siguiéndonos. ¡Por vida de dios, cuando te pare no lo contradigas! Dile que estás de acuerdo, seguro querrá que Bejarano te ponga en mi lugar para poder seguir lavando su dinero de las drogas que trafica en este país. Dile que sí a todo lo que te diga. Y cuando puedas vete con Fernando fuera de México, a donde tú quieras hijo. ¡No lo contradigas porque tu vida estará en juego!"

Sin escucharlo, Jaime se estacionó con la intención de ir a pie hasta la orilla de la cañada. Salió del carro y entonces vio cómo las dos camionetas aceleraban y luego se acomodaban una frente a otra detrás del carro. *"¿Qué diablos está pasando?"*, pensó.

Juan, alarmado, se paró junto a él y dijo, intentando inútilmente tomarlo de la mano: "Tranquilo Jaime, tranquilo por favor".

Beltrán bajó de una de las camionetas. Se quitó los lentes obscuros que traía puestos y acercándose a Jaime dijo:

—Buenos días doctor, qué bueno que buscó un lugar tranquilo para que podamos platicar con toda calma, entiendo que durante el velorio se negara a hacerlo pero créame, tenemos que conversar para ponernos de acuerdo.

—Discúlpeme señor Beltrán, en realidad no tenemos nada de qué hablar. Solo sé que era socio de mi padre y eso es todo —le dijo sintiéndose contrariado al ver que ese momento en que quería pedirle perdón a Gustavo era invadido por un hombre al que apenas acababa de conocer. Y concluyó —Si quiere hablar de negocios hágalo con mi madre y mi hermana.

—No, doctor, el negocio es con usted. Usted es el heredero universal de Juan por si no lo sabe —dijo Beltrán encendiendo un puro.

—Sin duda usted sabe más acerca de los asuntos personales de Juan que yo —respondió Jaime molesto. Y agregó —Yo no quiero tener nada que ver con él.

—Pues se equivoca doctor, hay algunas cosas que necesitan continuidad, su padre y yo hemos tenido un negocio por varios años, y aunque yo podría comprarle la parte que le correspondía a Juan tengo algo mejor para proponerle.

En medio de ellos, Juan sentía un cierto alivio al escuchar la forma respetuosa con que Beltrán estaba llevando la conversación.

—Créame que aun sin saberlo no estoy interesado —respondió Jaime.

—Podríamos hablar con Bejarano, quien será presidente de este país en unos cuantos meses ...

—¿Cómo puede estar tan seguro? Aún no hay elecciones y…

—Política, doctor, política —respondió Beltrán sonriendo y continuó —Igual su padre tenía ya asignado el puesto de gobernador de este estado.

—¡Vaya! o sea que es política decidida aun antes de que los ciudadanos voten —dijo Jaime con sarcasmo —Me alegro de vivir en el país democrático del que los miembros de su partido hablan tanto cada vez que aparecen en la televisión.

—No estamos aquí para discutir eso.

—Discúlpeme señor Beltrán, pero yo no estoy aquí para discutir nada con usted. Vine aquí por razones personales y le suplico sea usted tan amable de retirarse. —contestó Jaime en forma tajante.

—Doctor —insistió Beltrán —hay negocios entre su padre y yo que requieren continuidad. Estoy seguro de que si le pide a Bejarano el puesto que tenía Juan, estaría contento de dárselo. Va a hacer mucho dinero, más del que usted podría soñar.

Jaime iba a decir algo, pero Beltrán no se lo permitió y continuó.

—Piénselo, porque si no podría arrepentirse.

—¡Cómo se atreve a amenazarme! —gritó Jaime, quien solo deseaba estar solo para subir a la cañada y hacer lo que tenía planeado.

—No tiene caso que grite, aquí nadie más puede escucharlo. Creo que me equivoqué al pensar que era usted más inteligente. Ni modo, tendré que ver cómo convenzo a su madre o a su hermana, pero de todos modos necesitaré que me firme algunos papeles.

—Deje a mi familia en paz, nadie quiere saber nada más de este lugar —dijo Jaime francamente irritado.

—Pues alguno de ustedes tiene que cerrar tratos conmigo le guste o no. Pensándolo bien será más fácil hacer esto con Lucía o Beatriz, al fin sólo se tratará de firmar papeles y la inteligencia de ambas da por lo menos para eso.

—¿Cómo se atreve a hablar así de mi madre y mi hermana? Debería tener más respeto —contestó Jaime enfurecido, al tiempo que estiraba los brazos con fuerza en un intento por empujar a Beltrán quien con facilidad lo esquivó.

"¡No! ¡No hijo, no seas tonto, tú no conoces a esta alimaña!", gritó el espíritu de Juan desesperado.

—¡Lo siento Jaimito, ya me llenaste el hígado de piedritas con tanta estupidez, te las das de perfecto pero bien que sé el tipo de maricón que eres, te conozco más de lo que tú te imaginas —exclamó Beltrán enojado, dándole un manotazo que atravesó el cuerpo del espíritu del Juan e hizo trastabillar a Jaime.

—Juan nunca supo que eres un maricón que tiene como pareja a un hombre. El pobre se habría muerto de la pena porque odiaba a los maricones —dijo Beltrán sarcástico, guiñándole el ojo y riendo.

—¿Qué quiere decir? ¿Cómo se ha atrevido a investigarme? ¿Qué clase de persona es usted? ¿Y cómo se atreve a hablarme así de mi familia? —preguntó Jaime lleno de indignación apretando los puños.

—Quiero decir —Beltrán continuó sin inmutarse —que Juan era tan maricón como tú, solo que él bateaba para los dos lados. Tuvo un amante por varios años. Se llamaba Rigoberto, algo muy malo debió hacerle a tu padre para que lo mandara matar. Lo que no se puede negar es que Juan era muy macho, tenía mucho carácter y nadie podía hacer nada en su contra sin recibir su merecido.

Una vergüenza enorme inundó a Juan, haciéndole sentir que reventaría en cualquier momento. "¿Cómo le dices esto a mi hijo? Ya ha tenido demasiado con lo que sabía", dijo gritando en la cara de Beltrán "¡Me espiaste durante años sin yo saberlo!".

—No sé de dónde saca eso —dijo Jaime con un aire de duda —Aunque pensándolo bien, estoy seguro que mi padre nunca supo lo que era amar y respetar a otro ser humano. Puedo creer muchas más cosas desagradables acerca de él, pero no me importa en realidad. Para mí, él murió y lo enterré hace muchos años —agregó suspirando y moviendo ligeramente la cabeza hacia los lados, sintiendo que el último recodo de duda que había en su corazón hacia la maldad de su padre se desvanecía en el aire.

Juan, angustiado, volteó hacia Jaime y le dijo con vehemencia:

"¡Jaime, no le creas hijo, lo de Rigoberto fue un error de mi parte! ¿Cómo puedes decir que yo no supe amar ni respetar a nadie? Amé a tu madre con toda mi alma, al menos los primeros años juntos fue así; amé siempre a tu hermana, y tú fuiste mi adoración y mi orgullo toda la vida hijo ¡Me hubiera dejado despellejar vivo por ti, por verte feliz! ¡Te lo juro Jaime, si hubiera sabido que perdería tu amor cuando mandé matar a Gustavo, jamás lo habría hecho!"

—Ni modo Jaimito, si tú piensas que eres el único que puede decidir qué hacer con los negocios de tu padre estás bien equivocado —continuó hablando Beltrán. —Si desapareces tú quedan tu madre y tu hermana, las dos son igualmente estúpidas.

—¡Basta! —gritó Jaime tirando un puñetazo que atravesó el brazo de Juan, que inútilmente intentó detener el golpe, y fue a estrellarse de pleno en la cara de Beltrán quien rodó al suelo.

Al ver a su jefe en el suelo, cuatro guardaespaldas salieron apresurados de las camionetas para ayudarlo a levantarse. Él escupió una bocanada de sangre y dos dientes y luego gritó lleno de furia al tiempo que empujaba a Jaime, quien sorprendido cayó el suelo.

—¡Esto lo pagarás con creces! ¡Un maricón hijo de puta no me va a echar a perder los negocios!

"¡No te atrevas a tocar a mi hijo!" gritó Juan intentando inútilmente ayudar a Jaime para que se levantase.

—¡Ustedes dos agarren a este pendejo! Ordenó a dos de los guardaespaldas, y ustedes —dijo refiriéndose a los otros dos —traigan los bates de béisbol. Vamos a enseñarle a este maricón que nadie pone la mano encima de Roberto Beltrán sin pagarlo.

"¡No!", gritó Juan y corriendo se hincó frente él suplicante. "¡Por vida de dios, Roberto, por tus hijos te pido que no le hagas daño a Jaime, él no tiene nada que ver con todas las tarugadas que hice en vida!"

Dos de los hombres levantaron a Jaime en vilo y los sostuvieron por los brazos. Él hizo lo posible por zafarse, pero aquellas manazas lo tenían fuertemente agarrado. Beltrán empezó a patearle la parte baja del cuerpo, lleno de odio. Jaime gimió adolorido.

—¡Ningún hijo de puta puede seguir viviendo después de haberme tirado los dientes! — dijo con la boca aún sangrante.

Jaime gemía y trataba de resistirse. En medio de su hijo y Beltrán, Juan trataba desesperado de detener al atacante.

"¡Deja a mi hijo! "¡No es justo, ustedes son cinco, cobardes desgraciados!", gritaba.

Beltrán paró exhausto, le dolía toda la cara pero le dolió aún más el orgullo cuando se puso los dedos en la boca y comprobó que había perdido los dos dientes frontales.

—¡Hijo de la chingada! —le dijo a Jaime escupiéndole en la cara, —¡Vas a morirte por esto pero vas a tener una agonía cuyo recuerdo te llevarás al merito infierno!

"¡Nooooo!" gritó Juan poniéndose nuevamente de rodillas. "¡Por lo que más quieras, por tus hijos Beltrán! ¡No mates a mi hijo! ¡Jaime es lo más sagrado que hay en mi vida!"

—¡Muchachos! —dijo Beltrán —denle tratamiento especial, ese que Juan se inventó en vida para escarmentar a quienes se hacían indeseables para él. ¡No lo maten! —ordenó jadeante —¡Muélanle los huesos pero no le toquen los órganos vitales para que tenga una larga agonía. Cuando se muera busquen donde enterrarlo, tan lejos de aquí como sea posible. Que no quede huella de lo que ha pasado —dijo dando la media vuelta y echó a andar hacia una de las camionetas.

Juan lo siguió suplicante. "¡Por vida de dios, Beltrán, no mates a mi muchacho! ¡Es lo único bueno de mi vida!", le dijo sin que Beltrán pudiera verlo ni escucharlo.

Mientras dos de los matones golpeaban las extremidades de Jaime, que estaba en el suelo ya con pocas fuerzas para intentar detener los golpes, Beltrán abrió una de las camionetas y con voz de trueno ordenó:

—¡Ramiro! Llévate el carro al taller de don Cuco y dile que nadie más debe verlo, que lo pinte de otro color y le ponga otras placas. Y tú Javier saca del carro el boleto y el equipaje de este maricón, tendrás que volar a Jalapa en su lugar, y luego te deshaces de él dejándolo en algún lugar a orillas de la ciudad. Voy a llamar a mi dentista, me dejas en su consultorio y de ahí te vas al aeropuerto.

—Y ustedes dos —les dijo a los guardaespaldas que tenían los bates en la mano, encárguense de terminar de romperle su madre a este —dijo y les recordó —Cuando terminen se lo llevan bien lejos y tengan cuidado de no dejar huellas.

—Como usted diga patrón —respondió Ramiro preparándose para asestar un golpe más con el bate en el brazo derecho de Jaime.

Cuando Beltrán y Javier estaban subiendo a la camioneta, se escuchó un enorme grito de dolor de Jaime. Beltrán se sintió confortado al verlo.

—¡Pa' comprarme dientes tengo lana de sobra! ¡Pero tú no podrás comprarte otra vida ni con todo el dinero que amasó tu padre! —gritó, y se dirigieron hacia la vereda que los llevaría hasta la carretera principal.

Lo que siguió fueron eternos minutos en los que el cuerpo de Jaime, tirado en el suelo, recibió docenas de batazos que le dejaron las piernas, los brazos, los hombros y la cadera totalmente molidos. Por más que Juan intentó cubrir el cuerpo de su hijo con el suyo, no pudo detener ni uno solo de los golpes asesinos. Sentía cómo el cuerpo de Jaime, quien estaba aún consciente, se estremecía y lo oía gemir de dolor.

Cuando los dos asesinos pararon exhaustos y se sentaron a un lado de Jaime para fumar un cigarrillo, su cara y su tórax eran lo único que aún se hallaba más o menos completo en su cuerpo. Lo demás era una masa gelatinosa cubierta de sangre. Sus ojos abiertos miraban el cielo como si buscaran encontrar en ese azul pleno e intenso un bálsamo para el dolor.

"¿Por qué me han hecho esto? ¿Por qué, si yo jamás le hice daño a ningún ser vivo? ¡Por favor, dios te lo suplico! ¡Que no se detengan! ¡Que acaben ya con mi vida! Me han destrozado las pier-

nas, nunca más podré volver a caminar.... ni volver a tener una vida normal con Fernando".

Juan se sentía desgarrado por dentro al ver el dolor reflejado en el rostro de su hijo. "Jaime, hijo", le dijo sollozando, tratando inútilmente de acariciarle el pelo con todo su amor, sintiendo que algo dentro de sí se rompía en mil pedazos, "perdóname, por lo que más quieras. Tú no mereces pagar las consecuencias de mis actos. ¡Perdóname! Dios mío llévate a mi hijo, que no sufra más, por favor". Se paró abatido, se acercó a uno de los matones y cayó de rodillas. "Por lo que más quieras, haz algo, acaba con el sufrimiento de mi muchacho. Termina con su vida", le dijo sintiéndose confuso y totalmente derrotado.

—Ahora habrá que esperar hasta que el doctor se muera, ojalá no tarde tanto porque tengo un hambre del demonio —comentó entretanto uno de los matones.

—Todavía está mi almuerzo en la camioneta si quieres. Mi esposa pone dos porciones por si me da hambre antes de la cena, que es casi siempre. O le podemos ayudar al doctor a bien morir con un tiro de gracia si te parece, el patrón jamás lo sabría —respondió el otro.

—No —dijo el primero encendiendo un cigarrillo, dándole una larga fumada y expeliendo el humo con lentitud —Esperemos hasta que muera. Cuando hago un trabajo, me gusta hacerlo de la mejor forma posible. Vamos a comer, yo tengo unas cartas y un juego de dominó por si nos aburrimos.

—Bueno —dijo el otro mientras los dos se dirigían a la camioneta seguidos por Juan quien con desesperación les decía "¡Por vida de dios, maten a Jaime de una vez, terminen su sufrimiento!"

Los dos hombres se sentaron en la parte trasera de la camioneta, abrieron la mesa desplegable, prendieron el radio, tomaron dos cervezas frías del mini refrigerador y sacaron las tortas que estaban en la bolsa de uno de ellos. Abrieron sus bebidas y dijeron al unísono

—¡Salud!

Juan regresó hacia donde se encontraba Jaime, quien pronunció en voz baja el nombre de Fernando y empezó a recordar el día en que lo había conocido.

—¿*Puedo sentarme aquí?* —*le había dicho aquella vez el hombre de piel obscura vestido de blanco y con un marcadísimo acento caribeño, que estaba de pie con una charola llena de comida, frente a la mesa donde se encontraba sentado Jaime en el restaurante del hospital.*

—*¡Por supuesto! Así no comeré solo. No le había visto antes.*

—*Estoy haciendo una especialización en cirugía cerebral. Mi nombre es Fernando Ballesteros* —*le dijo mirándolo directamente a los ojos y extendiéndole la mano con una sonrisa de esas que enseñan el alma.*

Perdido en aquella mirada, la calidez de su mano le hizo sentir como si un torrente de agua dulce le invadiera el cuerpo haciéndolo estremecer de pies a cabeza, y sin poder dejar de mirarlo a los ojos Jaime no supo que contestar por unos segundos que le parecieron deliciosamente eternos. Deseó con toda su alma que Fernando estuviera compartiendo la magia de aquel momento y luego, sintiéndose un poco perturbado, respondió mirándolo aún intensamente

—*Se, se … ve un poco can…sado.*

—*Sí* —*respondió Fernando con un suspiro sentándose frente a él* —*Usted sabe que hay mucho que hacer para obtener una especialidad. Además, por el momento vivo en una pensión que está frente a un bar y no he podido dormir. Ya empecé a buscar dónde mudarme.*

—*Yo tengo un cuarto vacío en mi apartamento* —*dijo Jaime sintiendo que su corazón se aceleraba, y continuó* —*Mire, aquí tengo el anuncio que iba a poner en el pizarrón del restaurante. Quizá le interese, no está lejos de aquí*

—*¡Por supuesto! ¿Podría ir a verlo este miércoles? Es mi día libre.*

—*¡Qué casualidad! ¡Es también el mío! Por supuesto, esta es la dirección* —*había dicho Jaime mientras la escribía en una servilleta de papel y se la daba.*

—*¿A qué hora?*

—*Después de las 12 de la mañana, porque de diez a doce tengo clases de meditación y yoga.*

—*¡Ah! yo también medito —dijo Fernando, al tiempo que cortaba con sus manos un pedazo de pan y se lo llevaba a la boca con una enorme sonrisa.*

—*Es un buen comienzo —agregó Jaime.*

Con el cuerpo sangrante y lleno de dolor por los terribles golpes que los matones le habían dado por todos lados, Jaime recordaba cómo aquel miércoles por la mañana se había esmerado en limpiar el apartamento y preparar la recámara especialmente para Fernando, quien al llegar con su ropa deportiva pareció llenar de luz aquel lugar.

—*¿Cómo estuvo tu clase de meditación? —le había preguntado.*

—*La verdad es que no fui, el apartamento estaba desordenado y bueno, si quiero un inquilino no puedo empezar espantándolo con mi desorden —dijo Jaime riendo.*

Fernando se le quedó viendo con los ojos llenos de ternura, y Jaime había deseado con toda su alma estar en los brazos de aquel hombre de piel de noche, alto y musculoso, cuya mirada le hacía estremecer

—*¿Quieres ver el apartamento? —le había preguntado perturbado.*

—*Me encantaría —respondió Fernando.*

—*La cocina es pequeña —agregó Jaime, —pero podemos ponernos de acuerdo para cocinar a horas diferentes. ¿Quieres un café?*

—*Sí por favor, sin azúcar —respondió Fernando mirándolo a los ojos y se quedaron así, en silencio, con las miradas entrelazadas por unos segundos.*

Jaime se había estremecido y tenido la impresión de que ambos estaban conteniendo las ganas de arrojarse en los brazos del otro.

—*Creo —dijo Fernando —que es mejor decirte qué tipo de persona soy antes de hablar de ningún trato. Se que puedo confiar en ti. A mí, Jaime —le dijo sin más preámbulo —me gustan los hombres y a veces eso causa demasiada molestia en algunas personas y prefie-*

ro no darte una mala sorpresa. Si eso no es un problema para ti, entonces me interesaría conocer el apartamento y ver la recámara que rentas.

Sintiéndose lleno de dicha, Jaime había respondido:

—No habrá ningún problema, te lo aseguro. —Y continuó —Como ves, la sala es de buen tamaño y el baño también. La regadera está separada así que todo es muy flexible aquí. Esta es la recámara que rento, la ventana da a la calle, pero es siempre muy tranquila y podrás dormir sin ruido alguno.

Después, sin poder resistir más, Jaime había abierto la puerta de su recámara, y había dicho:

—Esta es mi habitación, y tú me gustas mucho.

Jaime recordó entonces el abrazo espontáneo de Fernando, la inmensa ternura con la que se besaron, y cómo hicieron el amor una y otra vez hasta quedar exhaustos. Y cómo él sintió que había encontrado al compañero de su vida.

Con lágrimas en los ojos, Juan leía los recuerdos de su hijo. "Con él habías encontrado la felicidad", le dijo, y concluyó lleno de tristeza: "Y yo no solo te traje culpabilidad y desgracia, sino que además he matado la posibilidad de que vivas feliz al lado del ser que amas"

Mientras, sintiendo que el viento leve que empezaba a soplar avivaba el dolor de sus heridas, Jaime deseó con toda su alma que aquello fuera un sueño. *"¿Por qué, dios mío, me pones en esta situación cuando mi vida era tan feliz y tan estable? ¿Por qué me separas de Fernando si nos amamos tanto?",* pensó.

Juan no sabía qué hacer, solo pedía a dios que su hijo muriera lo más pronto posible. Se sentó junto a él y aunque era consciente de que no podía escucharlo, con la voz entrecortada por el llanto le cantó las canciones que su hijo había adorado de niño, mientras intentaba mesarle el cabello para darle un poco de alivio. Pronto empezó a notar cómo su respiración se iba haciendo más leve.

La música proveniente de la camioneta se hizo imperceptible. Los matones, sintiéndose seguros, dormían plácidamente. Cuando el sol comenzó su lento descenso, el cuerpo de Jaime se estremeció y tembló ligeramente y musitó con un hilo de voz

—Gustavo... Fernando...

Recién entonces sus ojos se entrecerraron con una expresión de inexplicable serenidad. Juan se sintió agradecido pero a la vez terriblemente culpable. Vio cómo el espíritu de su hijo salía de debajo de su cuerpo con gran facilidad y se sintió feliz de ver que Jaime había dejado de sufrir. Se levantó con rapidez para abrazar el espíritu de su hijo. "¡Bendito dios que el sufrimiento terminó! Ahora que puedes verme y escucharme, tenemos mucho que hablar", le dijo pero su abrazo y sus palabras se perdieron en el viento.

El espíritu de Jaime miró a su alrededor. El sol empezaba a hacerse uno con el horizonte, pronto el cielo se pintaría de tonos naranjas y ocres. *"Como en los viejos días"*, pensó, *"esos en los que Beatriz, Gustavo y yo jugueteábamos y corríamos hasta cansarnos y después nos sentábamos a comer fruta y ver el atardecer. Cuando Gustavo y Beatriz se tomaban de la mano disimuladamente y se miraban a los ojos, y yo pensaba cuánto me hubiera gustado que fuera a mí a quien él mirara de esa forma"*.

Mientras tanto, Juan seguía intentando establecer comunicación con él. "Hijo, quiero que sepas que me arrepiento mil veces de haber causado tu muerte", dijo poniéndose frente a él y buscando en vano encontrar un punto de conexión en sus miradas. "Que entiendo la nobleza del amor que tienes hacia Fernando y que tú no tienes nada que explicarme. Que acepto lo equivocado que estaba. ¡Hijo, Jaime!, quiero que sepas que no toda la vida fui un canalla. Tuve principios hijo y claudiqué, pero te aseguro...

La llegada del vehículo del Mas Allá interrumpió los pensamientos de Juan. El espíritu de Jaime sonrió y agitó la mano para saludar a los espíritus que miraban a través de las ventanillas. Cuando el chofer bajó, Juan se dirigió corriendo hacia él le dijo:

—Mi hijo y yo estamos listos para ir con usted.

El chofer puso en alto la palma de su mano para indicarle que esperara.

—Hola Jaime, vine por ti —dijo.

Jaime sonrió, inclinó la cabeza en señal de agradecimiento y subió al vehículo donde los demás espíritus lo saludaron con respeto, tomó asiento y lleno de paz se quedó observando aquel paisaje que había sido tan importante en su vida.

—Por favor —dijo Juan al chofer—tengo que hablar con mi hijo, tengo que pedirle perdón y asegurarle que no siempre fui un canalla.

El chofer revisó su lista.

—Mmm, ¿cuál es su nombre?

—Juan Gallardo López —respondió él con vehemencia.

—No lo tengo aquí —aclaró el chofer checando en su carpeta los documentos de los levantamientos de almas de ese día —¿Qué día falleció y dónde?

—Ayer sábado en la madrugada, en mi hacienda que está como a media hora de aquí —respondió Juan señalando hacia el lugar donde se encontraba lo que había sido su hogar.

—¿Y qué está haciendo aquí? —continuó el chofer del Más Allá —Está usted muy lejos de donde debe recogerse su alma, ¿acaso no leyó las instrucciones que se le dejaron en el Documento de Transportación de Almas del Más Allá? Allí hay un manual para almas en situación estacionaria como la suya, que dice claramente lo que tenía que hacer. El inciso (h) estipula claramente que las almas en su condición pueden desplazarse como máximo diez kilómetros a la redonda del lugar donde ocurrió su deceso, porque corren el peligro de perder el vehículo del más allá cuando este regrese a recogerlos. ¿Qué no leyó el documento? —preguntó el chofer a Juan alzando la ceja derecha. —¡Caramba, hay cada necio! Déjeme checar en la caja de recogidas de esta semana —dijo dirigiéndose al autobús. —Tiene suerte que el chofer anterior olvidó regresar la caja semanal de los archivos, hasta entre nosotros hay desordenados. —dijo elevando los ojos hacia el cielo.

Sacó una caja pequeña que contenía los documentos de las almas que se habían recogido desde el lunes anterior hasta ese día. Extrajo de ella el expediente de Juan, se puso los lentes sosteniéndolos en la punta de la nariz y echó una mirada en silencio. Una sonrisa irónica se dibujó en su rostro.

—¡Ah ya veo por qué no se lo llevaron! ¡Nooo, mi estimado! ¡A usted le queda un buen rato por estos lares!

—No entiendo por qué —dijo Juan, —y menos aun entiendo por qué Jaime no puede verme y yo no puedo hablar con él. ¡Por favor, solo unas palabras! —e intentando recuperar la compostura agregó esperanzado con un gesto de inocencia —Mire, acá entre nos seguro habrá alguna forma de arreglarnos para que me lleve ahora, en vez de dejarme aquí atorado... usted me entiende, yo podría...

—¡Párele, párele señor Gallardo! Que en el Más Allá no se permiten las mordidas. En ese lugar se hacen las cosas de acuerdo a las reglas ahí establecidas. Además, su hijo tiene un alma con un grado de pureza mucho más alto que el suyo, por lo cual está en una dimensión de eternidad muy diferente. Creo que usted no tendrá problema en entender eso —dijo el chofer mirándolo por arriba de sus anteojos.

Juan suspiró profundamente. El chofer del Más Allá cerró el expediente, se subió al autobús y mientras cerraba la puerta dijo:

—Suerte, señor Gallardo López, no se preocupe que le llegará la hora. Y no se olvide de releer el documento en cuanto vuelva a su casa.

Juan vio por última vez el rostro de su hijo quien sereno observaba embelesado el atardecer a través de la ventanilla. Momentos después, con la mirada fija en el punto donde desaparecía el vehículo con el espíritu de Jaime, dejó caer sus hombros al tiempo que suspiraba lleno de tristeza por no haber tenido la oportunidad de interactuar con su espíritu.

"Lo mejor es que la agonía de sus últimas horas terminó. De todo el mal que causé por mi falta de amor, respeto y empatía hacia los demás, ese dolor que le causé a mi hijo es algo que jamás podré perdonarme", pensó apesadumbrado.

En ese momento uno de los matones se acercó a donde yacía el cuerpo de Jaime y le movió la cara con el pie.

—Parece que este ya estiró la pata —se dijo mientras se agachaba para cerrarle los ojos. — Qué aguante, pronto se hará de noche —dijo y sacando su pistola le dio el tiro de gracia.

El sonido agudo del balazo hizo que Juan volteara hacia donde estaba el cuerpo inerte de su hijo y el matón con la pistola aún humeante en la mano. Al oír el balazo, su compinche se despertó de golpe y salió de la camioneta a toda prisa con la pistola desenfundada.

—¡Tranquilo, no pasa nada!, —gritó el otro y continuó —El doctor ya se peló, por si las dudas le di el tiro de gracia. ¡Tráete la colchoneta, unos guantes y las palas que están en la camioneta! Hay que llevarnos el cuerpo lejos de aquí y remover un poco la tierra para limpiar todo esto. Nos va a caer la noche enterrando al doctor y no me gusta la idea —dijo moviendo la cabeza hacia los lados.

Juan se sorprendió al ver cómo, antes de levantar el cuerpo de su hijo, los dos matones se quitaron el sombrero en señal de respeto y se persignaron. Después unieron las palmas de sus manos, se las llevaron al pecho y con toda devoción comenzaron a rezar.

—Como siempre habrá que irse a confesar—dijo uno al terminar la oración y continuó —Algo me dice que este es el cristiano más bueno que he matado en toda mi vida. Solo él Obispo tiene la confianza del patrón y él es el único que sabe ponernos las penitencias más adecuadas en estos casos. Además, tenemos suerte porque seguro él es el único que tiene la autoridad para interceder ante dios por nosotros.

—Cosas del trabajo —respondió el otro tragando saliva y moviendo la cabeza hacia los lados.

Entre los dos levantaron con delicadeza el cuerpo de Jaime, lo colocaron sobre la colchoneta, lo envolvieron, y lo pusieron con gran cuidado en la parte trasera de la camioneta. Después regresaron para cavar un agujero donde metieron la tierra manchada de sangre y la cubrieron lo mejor posible. Por último metieron las palas en la camioneta, subieron y se dirigieron hacia un rumbo desconocido.

Juan, que había observado todo como si hubiera estado viendo una película, dirigió por última vez la mirada al lugar donde había muerto Jaime. Se ilusionó aún con la idea de que a pesar de todo, una vez que estuviera en su destino final encontraría la forma de comunicarse con el espíritu de su hijo. Y se dio cuenta de que si el vehículo del Más Allá pasaba a recogerlo no lo encontraría en donde debía recogerlo, por lo que aunque se sentía exhausto, decidió echar a andar en dirección a su casa.

"Ni Lucía, ni Beltrán, ni Bejarano tuvieron que ver con mis decisiones. —iba pensando amargamente mientras caminaba —Olvidé ser fiel a mis principios, a los valores que me legaron mis padres y que traté de transmitir a mis hijos. Olvidé que todos tenemos un derecho inalienable a la vida y a vivirla en una forma digna y con lo necesario. ¿Cómo puedo sentir odio contra Lucía y los otros? Solo tengo lo que me merezco, nada más y nada menos". Vio con nostalgia cómo el cielo se iba llenando de tonalidades naranja obscuro y se dijo "Quizá cuando llegue a casa podré dormir un poco".

Horas después, cuando el espíritu de Juan llegó finalmente de regreso al que fuera su hogar, reinaba un silencio sepulcral que le hizo sentir en paz consigo mismo. Se dirigió a la sala, donde ya todo estaba como unos días antes de que él muriera. "Todo está como si no hubiera pasado nada" se dijo con tristeza, se acostó en el sillón y sintiéndose confuso y agotado se quedó dormido.

EPÍLOGO

Tiempo más tarde cuando se despertó, estaba tendido boca arriba en el sillón de la sala sintiéndose ligero y descansado. Desorientado miró a su alrededor y pensó que acababa de despertar de un mal sueño en el que él parecía haber muerto y sufrido, y aunque lo intentó, no pudo recordar nada más, pero tenía la impresión de que algo peor, aparte de su muerte, había sucedido.

Después de echar una mirada a la sala, miró hacia abajo y al verse los pies se sorprendió de no ver la enorme barriga que había portado penosamente en los últimos años.

Fue en ese momento que comprendió que todo lo ocurrido antes de dormirse no había sido ningún sueño. Por unos segundos sintió una mezcla de temor y pena, pero casi de inmediato recobró su arrogancia y sintiéndose orgulloso de su nueva condición pensó:

"¡Ahora sí cabrones, voy a tener el poder de ver y oír todo lo que hagan y digan sin que ustedes puedan darse cuenta! No habrá nada que puedan ocultar a su mero padre, el presidente municipal Juan Gallardo.

Sin levantarse se reacomodó hasta quedar sentado aún con los pies sobre el sillón, estiró los brazos bostezando y se dio cuenta de que parte de su mano derecha se introducía en la pared que daba a la biblioteca contigua a la sala. "¡Ah cabrón!" dijo sobresaltado, echando su brazo hacia atrás, lo que dejó a la vista su mano, que estaba intacta. Entonces se paró de golpe y se puso frente al espacio que había entre el sillón y la lámpara de pie. Con cautela acercó la mano derecha y la empujó contra la pared y otra vez, para su sorpresa, la mano empezó a atravesarla sin dificultad alguna. "¡Puedo atravesar la pared!", se dijo sacándola, y repitió la operación con ambas manos obteniendo el mismo resultado. Riendo nerviosamente metió en la pared su pie derecho y al ver que este resbalaba como si estuviera embadurnado con mantequilla decidió meter medio cuerpo y luego la cabeza. Cuando tuvo uno de los enormes libreros de la biblioteca frente a sus ojos echó hacia adelante todo el cuerpo, que terminó a un lado de la chimenea que había en la biblioteca. Sorprendido se dio cuenta que podía atravesar la pared y riendo como niño empezó a brincar de la biblioteca a la sala y viceversa hasta que dejó de hacerle gracia.

Se preguntó entonces si no sería que verdaderamente había sido todo un sueño, pero todavía seguía soñando. La única manera de comprobarlo, se dijo a sí mismo, era ir a checar si su cuerpo estaba o no sobre el césped del jardín trasero, frente a la habitación de los invitados. "¡Y qué tal si es cierto que estiré la pata! Pinche Juanito ahí sí que estarías bien galán, sin esa barrigota que tenías que cargar a donde quiera. Lo bueno es que ese barrigón lo has hecho disfrutando los mejores wiskis, vinos y comida, si no qué vergüenza. Digo, debe ser una pena hacerse una panza como esa solo de comer tacos de frijoles y café con agua como un vil campesino. ¡No señor, yo he hecho la mía con estilo y refinamiento, así de chingón soy!" Luego, caminando ceremoniosamente y balanceando las manos atravesó la puerta seguro de sí mismo y cuando estuvo fuera, el olor de pan recién horneado lo hizo olvidarse de su propósito y en vez de dirigirse al patio trasero echó a andar hacia la cocina. "Mmm! pan calientito, ya están preparando todo para el almuerzo y la fiesta de esta noche", se dijo con gran satisfacción mientras se dirigía a la cocina para ver cómo iban los preparativos para su cumpleaños y de paso poner a prueba su invisibilidad.

En ese momento recordó que alguien le había dado un documento. Asaltado por la duda, se llevó la mano al bolsillo trasero, y sintió el papel entre sus dedos. Lo abrió y leyó el encabezado: DEPARTAMENTO DE TRANSPORTACIÓN DE ALMAS. El hipnótico olor del mole de María interrumpió su lectura "Mmm, molito" se dijo plegando el documento y volviendo a introducirlo en el pantalón.

Parte del papel había quedado asomando sobre el borde del bolsillo.

Pero lo único que se alcanzaba a leer con claridad por estar escrito en mayúsculas era: "**REPETICION INDEFINIDA**".

FIN

AGRADECIMIENTOS

Mi profundo agradecimiento

Al escritor Enrique D. Zattara por todo lo que de él he aprendido y por su casi infinita paciencia.

A la escritora Lola Llatas Beltrán, por las valiosas observaciones que hizo al borrador de este libro.

A la escritora y diseñadora Natalia Casali Caravaca y a Pablo Baseluck, por su generosa contribución a la portada de esta novela.

ÍNDICE

Printed in Great Britain
by Amazon

60148996R00118